KB053520

아이들과 함께 성장하는 선생님의
고군분투 운영일지

누가
선생님이
편하대

아이들과 함께 성장하는 선생님의 고군분투 운영일지

누가 선생님이 편하대

2024년 7월 1일 초판 1쇄 발행

펴낸이 김종욱
교정·교열 조은영
디자인 정나영(@warmbooks_)
마케팅 백인영
영 업 김진태, 이예지
주 소 경기도 파주시 회동길 325-22 세화빌딩
신고번호 제 382-2010-000016호
대표전화 032-326-5036
구입문의 032-326-5036 / 010-6471-2550 / 070-8749-3550
팩스번호 031-360-6376
전자우편 mimunsa@naver.com
ISBN 979-11-87812-37-1 (03810)

© 백지하, 2024

*이 책은 저작권법에 의해 보호되는 저작물이므로
무단 전재, 복제는 법으로 금지되어 있습니다.

누가 선생님이 편하대

아이들과 함께 성장하는
선생님의 고군분투
운영일지

백지하 지음

미문사

차례

prologue 누가 선생님이 편하대 008

PART 1 점토를 반죽하다

1장 공부를 잘하면 사랑받을 줄 알았어요 016
2장 빛과 그림자는 함께한다 019
3장 영재 수업, 트라우마로 남다 022
4장 교복 입은 선생님 027
5장 선생님 말고 스승이 되고 싶다 030

PART 2 모양을 빚다

6장 비밀 이력서 036
7장 노예는 가족이 아니다 041
8장 홀로서기 046
9장 어른이니까 아이의 눈물을 닦아 주고 싶다(1) 050

10장 어른이니까 아이의 눈물을 닦아 주고 싶다(2) 053
11장 당신과의 만남 자체가 배움이었습니다 057
12장 야망이 들끓는 병아리 원장 060
13장 나무에서 떨어진 선생님 064
14장 내 건물은 프린트와 책 빌딩이다 067
15장 사업과 교육 사업 070
16장 맨땅에 헤딩을 결심하다 073

PART 3 초벌하다

17장 나는 듣보잡이었다 078
18장 시기를 놓친 아이 081
19장 방목일까, 방치일까 086
20장 바쁜 엄마 090
21장 남자는 뭐니 뭐니 해도 친구지 093
22장 인성이 제일 중요해요 096
23장 그냥 보강해 주세요 099
24장 핵인싸 엄마 102
25장 엄마의 숙제 105
26장 의대에 갈 수 있을까요? 109
27장 선생님이 이야기 좀 해주세요 114
28장 님아, 그 여행을 가지 마오 118

29장 마음은 마음을 부른다 123
30장 엄마의 고질병은 팔랑귀다 126
31장 토끼와 거북이 131
32장 너를 위한 공부를 해 136
33장 내 머리카락을 줄게 140
34장 내가 할 수 있는 거라면 뭐든 143
35장 목표 설정이 시작이다 146
36장 시험 대비가 없는 학원 151
37장 좌절을 가르쳐 드립니다 156
38장 전 학년 전원 100점이어라 160

PART 4 시유(施釉)하다

39장 감사함을 먹고 사는 선생님 164
40장 백조 같은 멘토가 되다 167
41장 선생님의 계절 170
42장 선생님이 되겠다는 아이 174
43장 꽃다발 178
44장 정답이 없어서 문제다 181
45장 마지막 수업 185

PART 5 재벌하다

46장 나는 수학 '선생님'입니다 192

47장 본질의 방부제는 원칙이다 195

48장 맞춤 솔루션 200

49장 코로나야, 고맙다 204

50장 세상은 넓고 대단한 사람은 많다 209

51장 자존감이 낮아서 열정을 얻었습니다 212

52장 수학을 잘하는 어른과는 다릅니다 216

53장 청출어람(靑出於藍) 219

epilogue 나만 아는 날갯짓 222

prologue

누가 선생님이 편하대

"난 사실 선생님만큼 편한 직업은 없다고 생각했어."

이런 오해가 가끔 있다. 선생님뿐이랴. 누구든 자신의 일이 가장 힘든 법이다. 어떤 직업이든 겪어 보지 않으면 모르는 수많은 고충이 존재한다. 야외에서 몸을 쓰며 일하는 남편은 여름이면 뙤약볕에서 일하고, 겨울에는 내리는 눈을 맞으며 일을 한다. 그런 그가 보기에 나의 일은 요즘 말로 '개꿀'로 보였을지도 모르겠다. 여름에는 빵빵한 에어컨 아래에서, 겨울에는 따뜻한 히터 속에서 아이들에게 잔소리를 하는 게 다인 듯 보이니까.

당신의 생각은 어떠한가.

나는 사교육 현장에 몸을 담고 있는 지방 소도시의 작은 수학 학원 1인 원장이다. 그동안 크게 자극받지 못하고 흘려들었던 이야기가 남편의 입에서 나오자 궁금해졌다. 사람들은 나의 직업을 어떤 시선으로 바라보고 있을까. 몇몇 지인들에게 그 이유를 물어보자 잘 갖춰진 예의로 '존경'을 담아 답했다.

"아무래도 선생님은 존경을 받는 직업이니까 어쨌든 대접을 좀 받지 않나?"

업무 강도에 대한 사람들의 생각은 확실히 가벼웠다.

"사실, 아는 거 알려 주는 거니까. 어쨌거나 공부는 애들이 하는 거잖아."

잠깐 머물렀던 궁금증은 내게 왠지 모를 비장함을 불러일으켰다. 종이를 꺼내 하나씩 적기 시작했다. 내가 하고 있는 여러 가지 일을. 나의 노력이 꼭 눈에 보이게 드러나지 않아도 그다지 연연해하지 않았던 지난날이었다. 그러면서 나는 왜 모두가 알고 있을 거라고 생각한 걸까. 조금씩 억울한 마음이 밀려왔다. 하나둘씩 써내려가던 중 '나는 왜 이렇게까지 하고 있을까'라는 생각에 도달했다.

작게는 채점부터 상담, 교재 연구, 스터디까지 할 일이 빼곡하게 적힌 종이를 바라보았다. 그러고 보니 수면 시간이 평일에는 4시간 정도밖에 되지 않은 지도 벌써 몇 년째다.

답지를 보고 채점하는 것을 쉽게 생각하는 남편의 친구가 있었다. 그는 몰랐을 것이다. 풀이 과정을 보며 아이들 하나하나의 나쁜 습관이나 문제점을 파악하며 채점하고 있다는 사실을.

학부모와의 상담이 길어질 때면 남편이 손을 올려 자신의 목에 위치시켜 힘껏 사선으로 긋는다. 끊으라는 뜻이다. 개념은 조금 다르지만 그는 과연 직장 상사의 심각한 전화를 본인의 의지대로 끊을 수 있을까. 심지어 내가 지금 통화하는 사람은 자식의 미래를 내게 맡긴 사람이다.

우리가 받았던 교육은 주입식 교육이 많았다. 지금 아이들은? 세상이 변해 가는 속도를 감히 가늠할 수 없는 시대다. 아이들 교육의 질이 얼마나 좋아졌을까. 무수한 변화가 이루어지면서 지금 이 순간에도 발전하고 있다. 그러니 끊임없는 교재 연구와 스터디가 있어야 아이들을 제대로 가르칠 수 있다.

조금 더 욕심내서 아이들의 복습을 위한 동영상까지 찍으니 나는 하루의 시작부터 끝까지 업무의 연속이었다. 사람들이 매우 흔히 알고 있는 '수업'은 그야말로 순식간에 지나가는 선생님의 라이브 무대일 뿐이다.

마치 가수가 피나는 노력을 거듭하여 무대에서 쏟아내는 시간은 고작 3분 남짓에 불과한 것처럼.

"그냥 노예야, 노예. 넌 일이 아무리 힘들어도 근무 시간 동안이잖아. 선생님은 근무 시간에 경계가 없다니까."

언젠가 남편의 지인이 과거의 자신과 비슷한 뉘앙스의 말을 하자 남편의 입에서 망설임 없이 나온 말이다. 나의 일과를 가장 가까이서 지켜본 그는 선생님을 노예에 비유했다.(일개미라든가, 더 좋은 표현도 있었을 텐데 말이다.)

"그러면 제수씨는 그 일을 뭣하러 한대."

돌아오는 대답이 깊숙이 들어왔다.

나는 내가 이 일을 왜 하는지 너무나도 명확하게 알고 있다. 이유를 몰라서가 아니라 이유가 상기되어서, 순간 얼음이 된 나는 움직일 수 없었다. 언젠가부터 기계적으로 살아오고 있었던 건 아니었을까. 습관적인 치열함으로 버티고 있었던 건 아니었을까. '이렇게까지 한다.'라는 표현에서 나는 왜 거만함에 물든 자신을 발견하지 못했을까.

사람은 적응을 하고 자연스레 망각에 익숙해진다. 이 책은 나의 적응과 망각을 경계하기 위해 쓴 책일지도 모르겠다. 내가 선생님이 되기까지, 선생님이 되어서, 그리고 앞으로 될 선생님까지의 이야기를 담았다.

나의 이야기가 당신의 망각도 경계시켜 주길. 선생님들의 무대 뒤 애씀이 누군가에게 닿길.

누군가 선생님이 편한 줄 알았다고 하면 이제는 웃으며 답할 수 있다.

"편하지 않아서 선생님입니다."

도자기의 원료는 인공적인 바위와도 같다고 한다. 각기 다른 환경 속에서 바위는 다양한 모습으로 바뀐다. 점토 또한 바위가 머물렀던 환경 속에서 그 모습을 바꾼 것이다.

1장

공부를 잘하면
사랑받을 줄 알았어요.

부산 광안리 해변 인근에 한 소녀가 있었다. 소녀는 10살이 되었을 무렵, 학교에서 처음 '시험'이라는 것을 보게 되었다. 소녀는 좋은 결과를 받게 되었다.

"우리 지하가 대단하네."

엄마와 아빠는 소녀의 머리를 쓰다듬어 주었다. 소녀는 엄마 아빠의 얼굴에서 눈을 뗄 수가 없었다. 왠지 모르게 낯설었지만 소녀도 이내 함박웃음을 지었다. 그 순간, 번득이며 할머니가 소녀의 머릿속을 스쳐 지나갔다.

소녀의 친가에는 소녀를 포함한 다섯 명의 아이들이 있었다. 요구르트가 한 줄이 있으면 할머니는 그중 하나를 할머니 것으로 놓았다. 남은 네 개는 가장 나이 많은 오빠에게, 한 살 어린 사촌 남동생에게, 막내 사촌 여동생에게, 그리고 소녀보다 한 살 많은 사촌 언니에게 순서대로 돌아갔다. 기다려도 소녀의 순서는 돌아오지 않았다. 물론, 다른 어른들이 결과적으로 요구르트를 주었지만 어린 소녀는 한 줄에 다섯 개밖에 들어 있지 않은 요구르트가 원망스러웠다.

'어쩌면, 나도 요구르트를 받을 수 있지 않을까.'

할머니의 얼굴에 엄마 아빠의 표정을 그리며 소녀는 공부에 매달리기 시작했다. 누구나 그렇듯, 소녀 또한 공부가 재밌거나 신나지는 않았다. 그래도 문제를 풀고 또 풀었다. 소녀는 12살이 되어서야 다시 한번 좋은 성적을 받을 수 있었다. 소녀의 몸이 커진 만큼 상의 규모도 커졌다.

"이번에 지하가 교내 수학 경시대회에서 혼자 100점을 받았심더. 그래가 마, 전교 조례 나가가꼬 상 타왔다 아입니꺼."

평소 딸의 마음을 알고 있던 아빠는 소녀 앞에서 할머니에게 한껏 격앙된 목소리로 말했다. 소녀의 어깨가 미세하게 올라갔다. 할머니 쪽은 차마 쳐다보지 못했다. 그때의 미세한 어깨 떨림은 아마도 '기대'거나 '설렘'이지 않았을까.

"… 가스나가 공부 잘해 뭐하노."

소녀의 어깨 떨림은 요구르트로 돌아오지 않았다. 소녀는 어떤 표정을

지어야 할지 몰라 조용히 밖으로 나갔다. 상상 속에 그려왔던 할머니의 미소를 소녀는 볼 수 없었다. 집으로 돌아와 베갯속에 얼굴을 파묻었다.

'진짜 열심히 했는데…'

소녀는 세상이 불공평하게 느껴졌다. 불공평한 세상을 배운적이 없어서일까, 혼란스러웠다. 가만히 생각해 보니 분했다. 소녀는 그 와중에도 연필을 쥐고 있는 자신의 손을 말없이 바라보았다. 이내 거칠게 연필을 내려놓았다.

세상은 읽어 오던 책 속의 교훈과는 달랐다.

노력해도 얻을 수 없는 게 있다는 걸 인정하는 데 꽤 오랜 시간이 걸렸다.

2장

빛과 그림자는 함께한다

시작은 사랑받기 위함이었다. 소녀는 할머니의 벽을 깨부수지는 못했지만 '좋은 성적'이라는 옵션이 꽤 마음에 들었다. 어디를 가나 선생님들이 소녀의 이름을 자주 불러 주었다. 친구들 사이에서는 똑똑하고 야무진 친구라는 이미지가 생겼다. 그 이미지가 꽤 마음에 들었던 소녀는 괜히 으스대기도 했다. 친구들이 부모님에게 무엇인가 허락받을 일이 있다면 소녀의 목소리가 꽤 효과적이었다. 특별 대우를 받는 기분이었다. 이런 것들을 유지하기 위해서 소녀는 좋은 성적이 필요했고 그러려면 공부를 열심히 해야 했다. 왜 이름이 불리고 싶었을까. 왜 자신의 쓸모를 찾고 있었을까.

그렇게 반복된 필사적인 공부는 소녀에게 또 다른 감정과 사실을 일깨

워 주었다. 풀리지 않던 문제가 풀렸을 때의 희열. 노력한 만큼 점수가 나온다는 사실. 불공평한 세상과 처음 닿았을 때 혼란스러웠던 소녀는 다시 길을 찾은 기분이었다. 왠지 연필을 놓으면 안 될 것 같은 생각이 들었다. 수학은 과목 특성상 연결성이 짙어 지속성이 중요하다. 그래서 노력의 총량 비중이 다른 과목에 비해 크다. 갑자기 노력한 성과는 지속해서 해온 노력의 성과에 견줄 바가 못 된다. 그 어떤 과목보다 공평하며 냉정하다. 그러니 그녀가 했던 다양한 공부 중에서도 특히 수학은 소녀에게 빛이 되었다. 수학이 소녀에게 빛이 되자, 소녀의 수상 경력은 조금 더 많아졌다.

하지만 빛에는 그림자가 생기기 마련이다. 소녀는 상을 받게 되면 기분이 좋을 거라는 생각만 했지, 그 무게는 생각하지 못했다. 상을 받으면 사람들이 꼭 한 번씩은 소녀의 공부에 대한 안부를 물었다. 사람들의 관심은 일시적인 것이었지만 소녀는 모두가 지켜보는 기분을 지울 수 없었다. 언젠가부터 수학 시험만 치면 친구들은 소녀에게 다가와 답을 묻기 시작했다.

"재는 안 틀린다니까. 당연한 거 아니가?"
소녀의 좋은 결과는 당연해야 했다.

"뭐야, 내가 이겼네. 얘도 별거 아니네."
소녀의 답이 정답이 아닐 때면 마치 질소 가득한 과자 봉지를 연 듯, 아이들은 실망하며 돌아섰다. 아이들의 반응은 잠시였고 사소했지만 소녀는 그 사소함에 두려움을 배웠다. 틀리는 것에 개의치 않았던 소녀는 틀리는 것을 두려워하기 시작했다. 소녀의 수학 인생에도 조금씩 그림자가 드리우기 시작했다.

좋은 결과 뒤에 소녀의 목소리는 한없이 커졌다. 만족스럽지 못한 결과를 받을 때면 콩알만큼 작게 웅크렸다. 그때부터 소녀는 수학 문제 푸는 걸 좋아했지만 즐길 수는 없었다. 그녀의 그림자는 낮은 자존감이었을까, 자신의 쓸모를 잃는 두려움이었을까. 어쩌면 그때 그곳에 소녀는 없고 그저 타인의 시선만이 존재했던 건 아닐까. 지금에 와서 생각해 보면 소녀는 낮은 자존감을 대신해 자신감을 필사적으로 쥐고 있었던 게 아니었을까 싶다.

그림자를 인정하고 현명하게 어우러지기에는 소녀가 너무 어렸다. 그렇게 불안한 사춘기가 소녀에게 다가오고 있었다.

3장

영재 수업, 트라우마로 남다

소녀가 인생에서 가장 쓴 고배를 맛본 건 중학교 2학년 수학 영재가 되고서의 일이다. 중학생의 소녀는 담임 선생님과 교장 선생님의 추천으로 영재 시험에 응시했다가 상상도 못 했던 영재에 덜컥 붙어버렸다. 토요일이면 영재 수업에 참여하기 위해 1시간 동안 버스를 타고 지금 다니는 학교가 아닌 해운대에 있는 다른 학교로 등교했다. 이론 수업과 더불어 창의력을 높이기 위한 교구 수업까지 태어나 처음 보는 다양한 수업을 들을 수 있었다. 그것도 영재고 현직 교사에게 직접. 소녀에게 영재 수업은 그저 새로운 세상이었다. 소녀는 토요일만 기다렸다. 그 일이 있기 전까지는.

그날은 아주 복잡하게 생긴 식을 해결하는 걸 배우던 중이었다. 자꾸 처음 듣는 용어가 지속해서 나왔고 처음 보는 기호가 여러 개씩 겹쳐져 있었다. 소녀는 수학에 적지 않은 자신감이 있었기 때문인지 눈치 보지 않고 질문을 던졌다.

"선생님, 루트가 뭔가요?"
"..."

순식간에 교실이 싸해졌다. 스무 명의 눈이 일제히 소녀를 향했다. 순식간에 무거운 공기가 숨이 막힐 듯 소녀를 짓눌렀다. 그때의 그 많은 눈을 소녀는 어른이 된 지금까지도 기억한다. 정적을 깬 영재고 선생님의 대답은 아리송했다.

"제곱하면 돼."

그 한마디를 끝으로 더 이상 소녀에게 눈길도 주지 않고 수업이 끝날 때까지 쭉 진도를 나가셨다. 선생님의 뒤통수조차 소녀를 외면했다. 그날의 수업을 단 하나도 알아들을 수 없었던 소녀는 옆의 친구에게 물었다. 자초지종을 정리하자면, 영재 수업은 고1 수학을 학습하고 있었다. 물론, 소녀는 고1 수학인지도 모르고 배우고 있었다. 당시 소녀는 보육 개념의 피아노 공부방을 다니고 있는 게 다였다. 무엇보다 그 누구도 고1 수학이라고 말해 준 적이 없었다. 소녀는 중2였고 학교 수업이 전부였던 시기였다. 학교 선생님은 "학원에서 배웠지?"로 시작해서 "주번, 나와서 풀어봐."로 끝나는 전형적인 사교육에 떠넘기는 수업을 하셨다. 중2 수학조차도 독학이었다고 볼 수 있는 상황이었다. 선행? 선행에 대한 개념조차 없었다. 이해를 위해 일러두자면 '루트'라는 개념은 중학교 3학년에 처음 등장한다. '루트'를 한 번도 본 적도 들은 적도 없던 소녀가 '루트'가 복잡하게 섞인 식의 연산을 해치우기란 버거운 게 당연했다.

소녀는 질문에 대한 선생님의 답이 이해되지 않는 것이 미치도록 억울했다. 모르는 것을 가르쳐주는 게 선생님의 역할이 아닌가. 소녀는 제대로 알려 주는 선생님이 주변에 없다는 것을 깨달았다. 꿈꿨던 영재고 선생님이 여느 학교의 사교육에 떠넘기며 수업하는 일반적인 선생님과 별다를 바가 없다는 생각이 들었다. 순간, 소녀의 시야가 일렁였다. 옆의 아이가 풀어 놓은 풀이 과정이 눈에 들어오자 소녀는 물었다.

"니는 이걸 다 우째 아노."
"니 고등학교 거 안 배웠나?"
"어. 이게 고등학교 건지도 몰랐다. 니가 말해 줘서 인제 알았다."
"니 과외 안 하나?"
"과외?"
"…"
"니는. 니는 그럼 과외하나?"
"어. 나는 과외하지. 나는 고1 이거 세 번째다."
"…"

"나는 고등학교 거 안 한 애를 처음 본다. 여기서 고등학교꺼 안 한 애는 니밖에 없을걸. 니 여기 어떻게 들어왔노. 대~박."

작은 우물이지만 수학이라 하면 나름 으스대며 여기까지 온 소녀는 자존심이 상했다. 아니, 수치심을 느꼈다. 대상이 누군지도 모를 배신감에 치를 떨었다. 서툴렀던 15살의 소녀는 원망할 대상을 찾지 못하고 세상을 원망하기 시작했다. 왜 아무도 중학교 2학년이 중학교 3학년 공부를 해도 된다고 알려 주지 않았던 건지. 왜 저 아이들은 벌써 고등학교 수학을 저렇게 많이 본 건지. 그동안 내가 해온 건 무엇이었는지. 앞으로는 어떻게 해야 하는 건지. 막막했고 막연했다. 소녀는 새롭게 마주한 세상의 한 부분이 또다시 불공평함으로 느껴졌다. 지금까지 실력을 안 들킨 게 용했다. 루트 사건은 소녀의 많은 것을 바꿨다.

영재고에 대한 소녀의 환상은 그야말로 산산이 조각났다. 스무 명의 눈은 트라우마를 남겼다. 여러 사람의 시선이 동시에 소녀에게 집중되면 공포에 빠져 아무것도 할 수 없었다. 우물 안 개구리가 세상 밖으로 나오면 죽는 게 현실이다. 한 달, 두 달 겨우 버티던 소녀는 교장 선생님과 담임 선생님의 콜라보 샤우팅에도 불구하고 영재학교에 자퇴서를 냈다. 어차피 소녀를 돕거나 해결해 줄 사람은 없었다. 엄마 아빠의 야단에도 소녀는 썩은 동태눈깔로 반응조차 하지 않았다. 소녀에게는 세상을 알려 주는 어른이 없었다. 돌이켜보면, 오늘날의 나를 빚은 시작이 이 소녀 때일지도 모르겠다. 지금의 나는 개념 체계를 중요시한다.

아이들의 이해를 돕기 위한 설명법을 연구하고 만드는 데 열정을 쏟아 왔다. 지금도 내 속의 소녀는 아이들에게 입버릇처럼 말한다. 내가 가르치는 아이들은 스스로 자책하는 일이 없도록.

"네가 이해가 안 되면 선생님이 쉽게 설명하지 못한 거야. 그러니까 질문을 해서 선생님에게 한 번 더 기회를 줘."

"학습 속도는 빠르고 느린 게 중요한 게 아니야. 나의 속도에 맞춰야지. 나에게 한계를 둘 필요도 없고 다른 사람을 좇아갈 필요도 없어."

4장

교복 입은 선생님

영재 수업의 사건은 소녀의 부모님에게도 큰 충격을 줬던 모양이다. 영재 수업 이후로 그 당시 부산 교육의 메카 남천동으로 여러 학원을 알아보고 소녀를 데려갔다.

처음엔 대학교 교수 출신의 학원을 다니게 되었다. 남자 선생님이셨고 아내가 영어 선생님으로 영어와 수학이 운영되는 학원이었다. 몇 명의 학생과 함께 수업을 듣다 보면 기다려야 하는 시간이 발생했다. 영어 수업 시간에는 늘 영어 선생님과 맛있는 걸 먹었다. 시기적으로 얼마 지나지 않아 방학이 되면서 소녀보다 어린 학년의 학생 두 명과 방치되는 시간이 늘어났다. 어느 순간, 그 방치되는 시간은 소녀가 그 두 명의 아이들이 모르는 걸 알려 주는 시간이 되어버렸다. 그러다 영어 수업 시간에 수업보다 먹는 시간이 많다는 걸 알게 된 엄마가 학원을 끊을 때 소녀는 내심 아쉽기도, 기쁘기도 했다.

다음 학원에서는 반 아이들과 속도나 정답률 차이가 많이 났다. 그래서인지 선생님이 상금을 걸고 칠판에 내는 문제는 항상 맞힐 수 있었다. 덕분에 용돈이 생겨서 좋았지만, 소녀는 정말 재미가 없었다. 똑같은 수업 내용을 반복해서 몇 번이나 들어야 했다. 아이들이 숙제를 안 해 오면 수업 시간은 숙제 시간이 되어버렸다. 엄격했던 가정환경 탓인지 매번 숙제를 해왔던 소녀는 무의미하게 보내는 시간이 점점 더 많아졌다. 항상 선생님 편인 엄마도 소녀의 강력한 의지에 뜻을 굽히고 수업을 종료하게 되었다. 소녀가 가장 짧게 다녔던 학원이었다.

새로이 다닌 학원은 수학과 국어를 함께 운영하는 학원이었다. 지금 시대의 말로 F가 가득한 남자 국어 선생님과 그의 아내, 수학 선생님이 운영했다. 소녀가 가장 인상 깊게 기억하는 학원이다. 그 이유는 첫 번째로 남자 선생님께 정신적 의존도가 높았다. 소녀의 감성에 많은 공감을 해주었기 때문이었을까. 수학 선생님은 털털하고 미인이셨다. 무엇보다 소녀와 기질적 성향이 잘 맞아서 늘 대화가 즐거웠다. 두 번째로는 '정'이 있었다. 항상 학원에는 밥 냄새가 진동했다. 밥솥에 밥을 해놓고 배고픈 아이들이 먹을 수 있게 '김'이나 '김치' 같은 단출한 반찬을 두셨다. 소녀는 선생님들께 잘 보이고 싶은 마음이 점점 커져 갔다. 그러니 소녀 스스로 공부도 열심히 했다. 자습 시간에 선생님이 소녀에게 아이들의 질문에 대한 해결이나 프린트 인쇄를 부탁할 때면 마치 선생님의 일원이 된 듯한 기분을 느꼈다. 어쩌면 소녀는 이때 학원의 수습 기간을 보낸 것일지도 모르겠다. 소녀의 엄마는 소녀와 다른 생각이었겠지만.

그렇게 짧게 정착하지 못하고 몇 군데를 돌던 소녀는 얼마 지나지 않아 결국 학원 다니기를 멈추었다. 엄마는 매번 한숨을 쉬었다. 지금도 엄마는 배우라고 학원 보내 놨더니 먹고 놀고, 또 다른 데 보내 놨더니 제가 가르치고 있었다며 어처구니없어 하지만 엄마가 원하던 수학이라는 '지식' 대신 '경험'을 배운 게 아닐까. 오늘의 나로 빚어지는, 점토를 반죽하는 과정이었으리라.

5장

선생님 말고 스승이 되고 싶다

아이들을 가르치다 보면 스스로 의구심이 드는 순간이 생긴다. 소녀는 그럴 때 메일 한 통으로 삶의 의욕을 되찾았던 기억을 떠올리고는 한다. 소녀는 깊은 어둠 속 사춘기 터널을 홀로 걷던 때가 있었다. 예민할 대로 예민해졌던 소녀는 엄청난 강박증에 불안증까지 가지고 있었고 급기야 분열 진단까지 받았었다. 우울증 증세는 너무나도 당연했고, 끊임없이 광안리 밤바다를 찾았던 소녀는 어둠 속으로 자신을 숨기고는 했다. 극단적인 소녀의 행보에 학교 선생님들과 친구들, 부모님까지도 선불리 소녀에게 말을 걸 수 없었다. 어둠이 겹겹이 덧칠된 그녀에게 말을 걸고 싶지 않았을 수도. 그때, 뜬금없이 과거 수학 교과 선생님의 메일을 받았다.

지하야, 잘 지내고 있니? 갑작스럽게 전근을 갔던 수학 선생님이야.

1년의 짧은 시간을 함께했지. … 여전히 너는 내 제자이기에 오랜 고민 끝에 메일로나마 마음을 전하고 싶었어. … 혹시 가장 중요한 시기에 모든 것을 놓아버린 너를 스스로 탓하고 있는 건 아니니? 질책 때문에 다음으로 나아가지 못하는 건 아닐까 걱정스럽단다. 누구에게나 그런 시기는 있어. 신경쓰지 말고 앞을 봐. 앞을 보고 나면 어디서부터 손을 대야 할지도 모를 정도로 네가 막막해질거라 생각해. 피하지 말고 똑바로 봐야 해. 그게 시작이니까. 그리고 내가 봤던 너는 마음잡고 시작하면 얼마든지 너의 세상을 열 수 있어. …

언젠가 선생님의 아내가 영재고에서 근무하는데 소녀를 알고 계시다며 먼저 말을 걸어 주셨던 선생님. 소녀에게 아낌없는 응원을 보냈던 선생님이었지만 소녀는 그냥 성적이 좋은 아이에게 가지는 선생님들 특유의 호감과 관심으로만 생각했었다. 모든 것을 포기하고 학교생활마저 위태로웠던 시기에 도착했던 선생님의 메일. 그 속에는 여전히 소녀의 가치를 알고 있으며 믿고 있다는 내용이 가득했다. 더 힘껏 잡아 주지 못했다는 아쉬움과 소녀를 안내할 수 있는 어른이 되고 싶다는 마지막 내용을 읽었을 때, 아무도 없는 집, 컴퓨터 앞에서 고개를 떨구고 눈물 콧물 다 흘리며 소녀는 꺼이꺼이 울어댔다. 그의 안타까움이 진심으로 다가왔다. 지금 직면한 현실은 어려운 상황이고 많은 것이 예전과는 바뀌어 있을 테지만 겁먹지 말고 용기를 내라고 하셨다. 얼마든지 다시 시작할 수 있다는 선생님의 글을 읽으니 든든한 내 편이 나타난 것만 같았다. 그때 소녀는 누군가의 위로와 인정이 필요했던 건 아닐까. 메일 한 통에 소녀는 긴 암흑의 종지부를 찍고 연습장을 펼쳐 학습 계획표를 짰다.

소녀는 교육자의 표본으로 이 스승님을 내세웠다. 아이들에게 대단한 무언가를 주지는 않지만, 아이들의 마음 소리를 잘 들여다봐 주는 선생님. 우리는 적지 않은 '선생님'들을 만나며 살아간다. 나 또한 많은 담임 선생님을 만났고 많은 교과 선생님을 만났다. 적지만 학원 선생님을 만나기도 했다. 아이들은 선생님 한 분으로 인해 좌절을 경험하기도 하지만 또 다른 선생님 한 분 덕분에 살아갈 방향성을 찾기도 한다. 그래서 엄마들이 말하는 '선생님 복'이 필요한 걸지도 모르겠다.

소녀는 선생님이 되고 나서 그 이름의 무게를 가볍게 생각한 적이 단 한 번도 없다. 그녀가 겪은 그런 선생님이 되지 않기 위해서. 또 그녀가 겪은 그런 선생님이 되기 위해서. 다만, 학원가에서는 조금 더 현실적이고 속물적인 요구를 주고받는다. 그럴 때, 이상과 현실의 괴리감이 소녀를 지독하게 괴롭혔다. 참된 스승이 목표라지만 '돈'에서 자유로울 순 없다는 게 소녀를 헷갈리게 했다. 또, 부모님의 요구와 소녀의 교육 방향성이 맞지 않는 경우도 허다했다. 다름을 인정해야 하는데 그러면 길을 잃기 십상이었다. 소녀는 오랜 시간, 고민을 거듭했다. 그리고 단호해지기로 했다. 나와 교육 방향성이 맞는 아이만 지도하자. 내가 최선을 다해 지도할 수 있는 아이를. 소녀는 자신의 부족함을 인정하고 과대평가하지 않기로 했다. 어차피 '선생님'이라는 본질은 앞으로도 계속해서 고민하고 정진해야 하는 소녀의 숙제다.

소녀도 살아온 세상을 바꿀 수 없다는 것 정도는 알고 있다. 다만, 그녀의 스승이 그랬던 것처럼 그녀를 마주하는 아이들의 인생에서 한 줄기의 빛이 되어줄 수 있는 '스승'이 되고 싶을 뿐이다.

다져진 점토로 모양을 만든다. 두께가 일정하게. 불순물이 들어가지 않게. 깎기도 하고 매끄럽게 다듬기도 한다. 완전히 마르기 전에 장식을 한다. 중요한 건 도기의 용도이다. 도기의 용도가 명확하면 그에 어울리는 모양을 빚어낼 수 있다. 도기의 역할마저 명확해지는 순간이다.

6장

비밀 이력서

“넌 놀고먹을 성격이 못돼. 네가 못 견뎌, 노는 걸. 아마 넌 늙어서까지도 계속 일을 만들어 할걸?”

결혼하고 목포로 와서 휴식기를 가졌었다. 그 당시 나의 나태함이 느껴질 때면 결혼하기 전 재미로 본 사주에서 들었던 말이 생각났다. 거기 용한 곳이었나 보다. 결국 얼마 지나지 않아 학원을 알아보기 시작했다. 알바천국이나 학원 카페 같은 곳을 뒤적거리던 내게 남편은 ‘유달정보’와 ‘사랑방신문’을 알려 주었다. 이곳은 지역 신문에 부동산 정보나 일자리 정보가 더 활성화되어 있었다. 그렇게 몇 군데를 살펴보니 위기감이 나를 뒤덮었다. 부산과 일자리 찾는 방법이 달라서인지, 사람들과의 직접적인 만남을 각오했기 때문인지 모르겠지만 모든 게 생소하고 낯설게 다가왔다. 목포로 와서 자각하지 못했던 낯섦을 이제야 비로소 처음 느꼈다.

'많이 경험해 봐야겠다. 여긴 여기 나름의 생활 방식이 있네. … 부산이랑 다르네.'

항상 처음이 가장 중요하다. 결국 제대로 된 시작을 택하기로 했다. 내가 있던 지역과 전혀 다른 풍경의 이곳에서 나는 맨바닥부터 새롭게 시작할 각오를 다졌다.

'오히려 좋아. 내 경력을 비밀로 해서 이력서를 쓰자.'

거창한 각오와는 달리 손이 선뜻 움직여지지 않았다. 이곳의 교육 환경을 모르니 고용주가 원하는 바를 파악하기 어려웠다.

'부산이 여기보다 교육열이 더 높지 않을까. 그럼 내가 더 유리한 거 아닌가. 그래도 여기는 여기만의 분위기가 있을 텐데. 그 분위기를 알 수가 없네. 그게 핵심인데 … 뭐야, 이러면 애초에 무경력이랑 다를 게 없네. 비밀은 무슨 …'

내 이력서는 참 볼품이 없었다. 한숨만 몇 분째인지. 그러다 문득 떠올랐다. 잊고 지냈던 지금까지도 우려먹는 유일한 내 필살기. 경력을 쓰지 않아도 수학 무능력자는 아님을 보여 주기 위해 과거 수상 경력을 소환했다.

[000 경시대회 금메달 수상] [xxx 경시대회 금메달 수상] [KKK 경시대회 은메달 수상] [aaaa 본선 진출] [부산 수학 영재 출신]

싹싹 긁어모아서 썼다.

'너무 갔나? 두 개만 지울까?'

지금 생각해 보면 무슨 의미겠냐마는 홀로 합의하고 두 개를 지웠다. 써 놓은 이력서를 보며 물을 한 모금 마셨다. 물이 쌉싸름했다. 새 출발을 위한 이력서인데 어째서인지 다시 제자리인 듯하다. 이제는 오래되어서 잘 기억도 나지 않는다. 여러 수학 경시대회에서 수차례 수상을 했었다. 무려 초등학생 시절의 경력이다. 학교 대표로 올림피아드를 나가기도 했고, 전국 본선에 진출했던 기억도 있다. 중학교 수학 영재는 한 학교당 1명이 참가할 수 있는 영재 시험이었는데, 1년 내내 전교 1등 했던 친구가 대표로 나가야 할지, 1년 전체 수학 시험에서 1개 틀린 내가 나가야 할지에 대해 많은 학생과 선생님의 의견이 갈렸다. 교장 선생님께도 풀기 어려운 난제였는지 교장 선생님의 특별 추천으로 그 친구와 내가 같이 응시하게 되었다. 경시 경험이 많았던 나로서는 시험 난이도가 너무 낮아 의아해하며 엄마와 이야기할 때 그 친구는 좌절하고 있었다. 그렇게 나

홀로 20명을 뽑는 영재 안에 들어가게 되었다. 무엇보다 그때 당시엔 몰랐지만 부산 중학교 수학 영재의 경력은 꽤 대단한 것이었다. 심지어 영재고 지원 시 가산점의 혜택이 있었고 수업은 부산 영재고 현직 교사가 와서 진행되었다. 이 낡은 경력은 오래도록 비전공자였던 내가 어떻게든 나를 어필하기 위해 꺼내 드는 비장의 무기가 되었다.

"선생님은 어느 학교 나오셨어요? 수학 교육 전공이신가요?"

과외하던 시절, 상담 때마다 첫 질문은 출신 학교와 전공 여부였다. 그럴 때면 나는 도둑마냥 제 발이 저린 상담을 했다. 끊임없이 나를 어필했고 나를 포장했다. 학원에서도 별반 다르지 않았다. 선생님들의 전공 여부나 이름 있는 대학교에 따라 급여가 달리 측정이 됐다. 전공 선생님들은 상위권의 반을, 비전공 선생님은 하위권의 반을 맡곤 했다. 무엇보다 선생님들 사이에서의 묘한 기류는 끊임없이 나를 갉아먹었다. 전공자와 비전공자 사이에 그어져 있는 희미한 선이 계속 내 눈에는 선명하게 보였다. 전공자 선생님들의 무의식적인 우월한 누르기를 나는 매번 당해야 했다. 나의 쓸모를 증명하기 위해 그 누구보다 치열하게 달려들었다. 그렇게 나름의 이름을 만들고 나니 전공을 묻는 사람이 점점 줄어들었다. 어느 시점부터는 전공보다 학생들의 수요에 따라 급여가 정해지기 시작했다. 유명 강사는 아니어도 동네의 지방 명문 학교 전담이라는 타이틀도 얻으며 스스로 뿌듯해했다. 그리고 나는 더 이상 경시대회 경력이나 영재썰을 꺼내지 않게 되었다. 하지만 비밀 이력서 앞에서 또다시 나의 오래 묵혀둔 비장의 무기를 꺼냈다. 이곳에서 다시 내 이름을 뿌리내릴 생각을 하니 까마득하다.

'애초에 이런 고민을 왜 하는 거야?'

'아니야. 항상 시작이 중요해. 난 이곳에서 뿌리를 박기로 했어. 이제부터가 시작이야.'

7장

노예는 가족이 아니다

'가족 같은 분위기의 직장' 이야기를 들으면 목포에서 처음으로 '부원장' 제안을 건넸던 A 수학 전문 학원이 떠오른다.

"부원장으로 들어오면 어때요? 이곳은 진짜 가족 같은 분위기라고 자부해요."

자리를 제안한 대표 원장님은 뚜렷한 이목구비에 다부진 체격을 갖고 있었다. 말투에 단호함과 단단함이 있어서인지 직설적인 말투가 카리스마로 느껴졌다. '부원장' 자리 때문일까. 왠지 인정받는 기분에 만족스러운 표정을 감출 수 없었다. 알고 보면 나, 감투를 좋아하는 사람이었나. 이곳 목포에서 지인 하나 없는 내게는 '가족 같은 분위기'의 직장이라

하면 너무나도 매혹적인 환경이다. 이곳이 내 직장으로서의 보금자리가 되길 고대했다. 근로 계약서에 냉큼 사인을 했을 정도니까.

이 학원에는 강의실마다 큰 창문이 있었다. 다 들여다보이는 맑고 깨끗한 유리로 된 창문이다. 내가 거쳐 온 학원들도 창이 있었지만 '열리고 닫히는' 개념이 아닌 '유리벽'의 의미였다. 학원을 방문한 학부모들이 밖에서 수업 장면을 실시간으로 볼 수 있게 하기 위한 용도였다. 내가 수업했던 모든 강의실의 구조가 그랬다. 항상 수업 하나하나가 숨김없는 수업이었다. 그래서 한 달 정도는 '열리고 닫히는' 창에 대해 크게 신경 쓰이지 않았다.

드르륵
"부원장, 청소했는가?"

창문이 열리며 대표 원장님의 머리가 불쑥 들어온다.

"네? 아, 네."

당황스러웠다. 학원에서의 수업 시간은 강사가 학생에게 돈을 받고 학생에게 내주는 시간이다. 그 시간만큼은 강사 자신의 시간이 아닌 수강생들에게 판 수강생들의 시간이다. 그런 수업 시간을 방해하지 않아야 한다는 암묵적인 룰이 강사들에게는 존재한다. 가급적 수업 시간에 개인적인 전화나 메시지를 주고 받지 않아야 하고, 수업 시간에 쓸 프린트도 수업 시간 외의 시간에 준비해 둬야 하는 아주 기본적이지만 원칙적인 룰이다. 그래서 학원은 수업 시작 전에 회의 시간을 가진다. 수업 시간에는 수업에만 집중할 수 있도록 미리 선생님들끼리 소통의 시간을 가지는 것이다. 그래도 불가피할 경우에는 노크와 함께 기본적인 예의를 갖추며 서로에게 의사를 전한다. '선생님'이란 학생들에게 보이는 바가 매우 큰 직업이니까. '선생님'끼리의 존중은 다른 선생님을 위해서뿐만 아니라 나를 위해서도 필요한 태도다. 안타깝게도 대표 원장님의 청소 여부 확인은 노크도 존중도 없었다. 무엇보다 수업 시간에 물어볼 사안이 전혀 아니었으니까. 왜지. 왜 그러셨을까. 나는 답을 찾지 못했다. 내가 해 놓은 청소가 깨끗하지 않다고 느꼈던 건 아닐까 짐작만 했다. 다음부터는 청소에 더 신경 써야겠다고 생각하고 흘렸다. 그 이후로도 대표 원장님은 수시로 내 강의실을 어슬렁거리며 서슴없이 창문을 열었다. 반복되는 대표 원장님의 이해할 수 없는 행동에 저 창문은 문을 열고 닫기 귀찮아 만든 용도인건지 의심스러웠다. 문제는 내게 거부할 방법이나 권리가 없다는 것.

"부원장, 어제 휴게실에 둔 책 봤는가?"
"부원장, 이번 주 홍보 나가는가?"
"부원장, 학원 협회에서 연락 왔는가?"

나는 수업의 질을 가장 중요시한다. 수업 시간에 화장실 가는 것조차 싫어한다. 학원에서 웬만해선 물도 마시지 않는 이유다. 수학 개념 내용에는 흐름이 있고 문제 풀이에도 흐름이 있다. 흐름이 끊기는 순간 아이들의 앞뒤 내용까지 함께 날아간다. 당연히 학생들의 이해나 집중도는 상상 이상으로 떨어지게 된다. 뭐랄까, 아이들의 집중력의 흥이 깨진달까. 노래방에서 이제 막 클라이맥스로 진입해서 함께 부르려고 숨을 들이쉬는데 노래를 꺼버리는 것처럼. 막연하게 수업에 대한 인지도나 평이 올라가면 믿음을 줄 수 있을 거라 생각했고 그게 해결책이 될 거라고 판단했다. 다행히도 학생 수는 점점 늘어났다. 학생 수가 늘어날수록 나는 수업에 더 몰입했다. 인원수가 늘어나면 내가 놓치는 게 생길까 봐 더 신경이 쓰일 수밖에. 이상한 건, 나의 예상과는 달리 더 자주 창문이 열렸다. 학생 수가 늘어난 만큼 수업에 대한 완성도에 날이 선 나는 점점 짜증이 쌓여 가고 있었다. 그러다 우연히 다른 선생님과 인원수에 대한 이야기가 나왔다. 나는 의아했다. 그도 그럴 것이 거의 2배나 차이가 났으니까.

대표 원장님에게 아이들의 반 배치 기준을 물어봤다.
"부원장반 애들은 다 부원장반 넣어 달라고 해서 넣은 거지."

처음엔 뿌듯했다. 뭐 어쩌겠어, 내 수업이 좋다는데. 기분 좋은 책임감이 생겼다. 그런 줄로만 알았으니까. 이후 다른 선생님들은 기본급에 비율제였고 나는 월급제라는 사실을 알고 우리 반에만 유독 아이들이 많이 몰려 있는 현실적인 이유를 찾을 수 있었다. 비율제는 선생님들이 학생

수에 따라 돈을 가져가기 때문에 늘어나는 원비만큼 선생님의 급여도 늘어난다. 월급제인 나는 몇 명을 가르치든 똑같은 급여를 제공하기 때문에 내가 가르치는 학생 수가 많을수록 학원에 떨어지는 게 많아진다. (물론, 월급제는 내가 안정을 고려하여 선택한 것이었지만 이렇게까지 악용될 줄은 상상도 하지 못했다.) 만감이 교차했다. 나의 우쭐거렸던 어깨가 겸손해졌고 괜히 민망한 만큼 대표 원장님이 더 속물처럼 보였다.

"대표님, 현재 인원이 너무 몰려 있어서 학습 효과가 떨어지는 듯해요. 조금 고르게 분배할 수 없을까요? 그리고 저도 비율제를 고려해 주시면 좋겠습니다."

나의 요청에 대표 원장님은 어떻게 비율제를 그렇게 당당하게 요구하냐며 나처럼 기가 센 부하 직원은 처음 본다고 하셨다. 지금껏 이해되지 않던 대표 원장님과의 창문 미팅은 나의 기를 누르기 위함이었다는 말을 마지막으로 대표 원장님에게서 나는 냉정하게 돌아섰다. 보금자리라는 거창했던 처음 생각과는 다르게 부원장실의 내 책상은 얼마 되지 않아 없어졌다.

"의무 기간 한 달 안에 다음 인수자를 구해 주세요. 제가 맡은 기간만큼은 최선을 다하겠습니다."

가족 같은 분위기의 학원에서 함께 성장하는 가족이 되고 싶었지만, 나는 그들에게 가족이 아니었나 보다.

8장

홀로서기

시작이 반이다. 그 시작을 잘 겪고 나면 다음 단계로 넘어가기 마련이고. 나 홀로 운영하는 무대의 진짜 출발은 B 영어 학원에서의 홀로서기 경험이다.

"네, ○○학원입니다."
"안녕하세요, 구인 광고 보고 연락드렸습니다."

전화기 너머로 쾌활한 남자 목소리의 대답이 들려왔다. 그리고 한시바삐 만나기를 요청받았다. 당장에 써 둔 이력서를 집어 들었다. 잠시 옷을 살펴보다 검은 바지와 하얀 셔츠를 입었다. 어차피 그것밖에 없으니까. 신발을 신으면서 거울 앞에 섰다.

야무지게 보이나 이래저래 점검을 하고 나서야 문을 나섰다.

엘리베이터 없는 건물이라 3층까지 계단으로 올라갔다.
'여기서 일하면 살 빠지겠네, 건강까지 챙길 수 있겠구먼.'

평가 점수에 쓸데없는 가산점을 주면서 작은 학원의 문을 밀었다. 새하얀 인테리어의 아담한 로비가 펼쳐졌고 오른쪽으로 상담실 겸 원장실이 보였다. 통유리창으로 된 상담실은 곁눈질로 보기에도 깨끗하게 잘 정리되어 있었다. 학원의 전체적인 이미지는 한마디로 '깔끔'이었다. 썩 마음에 들었다. 이어진 원장님과의 대화에서 면접을 그렇게 서둘렀던 이유를 알 수 있었다. 쾌활한 목소리의 남자는 영어 원장님이었다. 영어 원장님 밑에 영어 강사가 2명이 있고 이 학원은 영어 단과 학원이었다. 학원이 잘되면서 시간표 작성의 어려움과 확장을 이유로 수학과를 개설한다고 했다. 기존의 영어 수업을 듣는 아이들에게 수학과를 오픈하겠다고 이미 공지를 내어놓은 상황. 하지만 사람이 구해지지 않아 몇 달째 전전긍긍하던 중이었다고 한다. 긍정적인 영어 원장님과의 면접을 끝내고 집으로 돌아왔다.

책상에 널브러진 책을 가지런히 정리했다. 머릿속 책도 함께 옮겼다. 여러 가지 조건이 마음에 들었다. 엘리베이터 없는 3층, 영어 원장님의 쾌활함, 깔끔한 학원 스타일, 무엇보다 수학과에 아무도 없다는 것이 마음에 들었다. 아무도 없는 수학과라니. 겉돌기만 하던 내가 갑자기 주인

공으로 탄생하는 순간이었다. 수학 선생님은 오직 나 하나. 가장 마음에 들었고 그만큼의 묵직한 책임감이 나를 짓눌렀다. 고민은 없었다. 각오가 필요했을 뿐.

처음 자취할 때가 생각났다.

'침대가 필요한가? 필요하지, 잠은 편하게 자야 하니까. 밥을 많이 해 먹지는 않을 것 같아. 하지만 밥통은 있어야겠지? 그릇은 몇 개면 충분해. 세탁기는 옵션에 있었어.'

부모님의 울타리에서 벗어나면서 내게 필요한 큼직한 것부터 소소한 것 하나까지 고민하고 알뜰살뜰히 구했었다. 그러고도 필요한 게 있으면 하나씩 하나씩 채웠다. 하지만 그때도 그러한 몇 가지를 챙기는 것보다 더 중요한 게 있었다. 각오랄까.

'이제 어른이야. 뭐든 스스로 해결할 수 있어야지. 엄마 아빠한테 의존하는 건 이제 금지야.'

기껏 정리했던 책을 책상에 다시 쏟아냈다. 종이를 집어 들고 열심히 끄적이기 시작했다. 수학 커리큘럼을 작성했고 그간 했던 교재 연구를 데이터로 수준별 학습 계획표를 만들었다. 그렇게 나는 새로운 살림살이를 마련하기 시작했다.

오늘 갔던 학원은 이제까지 내가 머물렀던 집 중에서 가장 작은 집이었다. 하지만 내가 머무르기에 결코 부족함은 없었다. 원래, 홀로서기란 월세부터 시작해서 전세로 나아가 내 집을 마련하는 게 정석이잖아. 이제 비로소 시작인 거지, 뭐.

9장

어른이니까 아이의 눈물을 닦아 주고 싶다(1)

B 학원에서 근무할 때 유독 신경이 쓰이는 아이가 있었다. 성실함에 있어 지금까지 가르친 아이 중에 다섯 손가락 안에 드는 친구다. 단정한 옷차림에 또렷하지 못한 이목구비의 남자아이. 안경을 썼고 키가 큰 만큼 말랐던 녀석이었다. 흔한 남학생의 외모여서 처음부터 눈에 띄는 아이는 아니다. 하지만 아이의 말과 행동은 보통의 아이들과는 달랐다. 나이에 맞지 않게 성숙했고 상대방을 깊이 들여다보고 배려하는. 뭐랄까, 어른도 하기 힘든 말투와 행동이었다. 한마디로 모든 것을 상대방에게 양보하고 내주는 희생적인 느낌의 아이였다. 나는 그게 알 수 없는 씁쓸함으로 다가왔다. 아이들도 눈치는 있어서 이 친구의 희생적인 부분을 알고 있었다. 학교에서도 모범생에다 인성 좋기로 유명하고 여자아이들에게서 그런 부분 때문에 인기가 꽤 많았다.

그런데 가끔은 아이들이 그걸 이용하는 것도 보였다.

'이 아이는 왜 모든 것을 내줄까? 누군가는 저 아이를 챙겨야 하지 않나?'

아이를 자꾸만 지켜보게 되었다. 그리고 우연히 아이의 환경에 대해 알게 되었다. 아이의 부모님과의 면담을 잡았는데 급작스럽게 어머님이 방문이 어렵다고 전화가 온 것이다.

"선생님, 강석이가 매번 수학 선생님을 얘기해서 꼭 뵙고 싶었는데 도저히 목포를 못 가겠어요. 아침에 송아지가 나와서요."

어머니의 첫마디는 생소한 단어가 아니, 이질감이 느껴지는 한마디였다. 왜 아이가 당연히 목포에 산다고 생각했을까? 그리고 송아지?

"사실, 저희 부부가 강진에 있어요. 거기서 소를 키워요. 그리고 애들은 목포에서 자취를 하고 있거든요."
"아, 그렇군요. 그럼 강석이가 혼자서 자취를 하나요? 그러기엔 아직은 좀 어린 것 같아서요."

어머니 얘기에 깜짝 놀랐지만 내색하지 않으려 용을 썼다. 떨어져 있는 엄마 마음이 오죽하랴. 행여나 불쾌감을 줄까 조심스러운데 자꾸만 목소리가 어색해지는 것 같았다.

"강석이는 형이 있어요. 형이 고3이에요. 강석이가 형이랑 같이 자취를 하고 있어서 크게 걱정은 안 하셔도 돼요."

형이 함께 있다니 조금은 마음이 놓였다. 혼자 자취를 하기에는 중3은 걱정스러운 나이니까. 어머니와의 면담은 전화 상담으로 대체했다. 애초에 면담은 강석이의 고등부 진학 문제로 필요했다. 고등부 진학으로 수강료 변동이 발생했다. 공부를 꽤 하는 강석이는 상위권 아이들의 전쟁터로 가야 하는 아이고 그만큼 더 치열하고 철저할 수밖에 없는데 강석이의 학습에 대한 부모님의 지원이 조금 아쉬웠다. 그래서 좀 더 현실적인 상담을 진행하기 위해 면담을 요청했던 건데 아무래도 전화로는 꺼낼 수 있는 이야기에 한계가 있었다. 기회는 또 오겠지. 하지만 며칠 지나지 않아 강석이는 학원을 그만두겠다고 내게 말했다.

10장

어른이니까 아이의 눈물을 닦아 주고 싶다(2)

아이들은 불편한 이야기를 할 때 엄마의 힘을 빌린다. 그리고 대다수의 엄마들은 아이의 불편함을 걱정한다. 그런데 이 녀석은 표정에 미안함 가득 담아 직접 내게 더 이상 수업을 들을 수 없다고 이야기하고 있다. 그만두는 이유가 공부가 잘 안되기 때문이라는데, 이걸 믿을 수가 있나. 대체 왜 얘가 이런 표정을 짓는 걸까? 끝까지 묵묵부답인 아이를 기어코 의자에 앉혔다.

"왜? 아니, 강석아. 학원을 그만둔다고 니한테 뭐라고 하려는 게 아이다. 니는 그동안 너무 잘해 왔고 앞으로도 윽스 잘해 갈 거라고 믿기 때문이다. 내가 니를 모르지 않는 다이가. 혹시 다른 이유가 있으면 이야기 좀 해봐라. 니가 학원을 그만둔다는 사실이 선생님 입장에서는 이해가 안 되거든."

"…"

"뭔데, 무슨 이유인데? 쌤이 알아야 도울 수 있는 건 둡지."

한참 동안 내 속을 태우던 아이가 입을 열었다.

"사실, 이번에 형이 학원을 옮겼는데 거기가 좀 비싼가 봐요. 그래서 제가 당분간 학원을 안 다녔으면 좋겠다고."

이게 무슨 자다가 봉창 두드리는 소리지? 물론, 재수생이나 고3은 돈이 많이 들어가는 게 사실이긴 하지만. 지금 시대에? 형 학원비 때문에 동생이 학원을 안 다닌다고? 아니지, 집안 사정은 아무도 예상할 수 없는 거고, 각자의 사정은 모를 일이니까. 일단 진정해야 했다.

"쌤이 자세한 상황을 다 알기는 어렵겠지만 조금만 더 설명해 주면 안 되겠나?"

"애초에 학원을 다닐 때 금액이 정해져 있었어요. '얼마' 안에서 다니는 걸로. 그런데 이번에 수업료가 오르면서 만 원이 넘었는데 그냥 다니고 있었거든요. 이번에 형이 학원을 옮기는데 거기가 좀 비싼가 봐요. 그래서 엄마가 안 된다고 했는데 형이 재수하기 싫다면서 꼭 그 학원을 다녀야겠다고 해서."

"그럼 엄마가 니는 혼자 공부해라 하신거가?"

"형이 저한테 아직 저는 시간이 많이 남았으니까 양보해 달라고 해서요. 자기가 수능을 칠 때까지만 학원 쉬라고."

하! 환장한다. 아이가 형과 자취한다는 사실을 알고 난 뒤로도 걱정스러운 마음을 다 지우지 못했던 나는 당시 학원 원장님과 이야기했고 그러면서 몇 가지의 사실을 알게 되었다. 강석이의 형이 누군가를 챙길 정도로 마음의 여유가 있지 않다는 것. 청소, 빨래, 요리, 설거지 등 집안일은 강석이가 전부 다 혼자 하며 형의 사소한 잔심부름 때문에 친구들과 시험 끝나고 놀다가도 집에 갔다는 것. 형한테 맞기도 해서 아이들이 놀다가 형이 불러서 갈 때는 더 놀자고 잡거나 꼬드기지 않는 것이 강석이를 위한 나름의 배려였다는 것. 그리고 아이들이 강석이를 위해 이런 이야기를 쉬쉬한다는 것. 강석이의 부모님은 이러한 사실을 구체적인 '정도'는 모르지만, 돌아가는 모양새는 알고 있는 듯했다. 하지만 현실적으로 도움을 줄 수 없다고 판단한 건지 형을 긁지 않는 쪽을 선택했다고.

"알겠어, 일단. 엄마랑 쌤이 통화 한번 해봐도 돼?"

"… 엄마 속상한 게 싫어요. 그냥 제가 안 다니려고요. 엄마는 맨날 울어요."

내가 눈물이 날 지경이었다. 이 아이의 그간의 말투와 행동은 어쩌면 아이의 상처가 묻어난 게 아닐까.

"엄마 속상한 말 안 할게. 쌤이 도움을 주고 싶은데 엄마가 원치 않으면 실례잖아. 그래서 엄마랑 이야기는 해보고 싶어서. 학원 그만두는 이유가 그게 다야? 사실, 너는 계속 공부하고 싶은 거지?"

"…네."

그제야 아이가 눈물을 보였다. 눈물도 마음대로 못 흘리나. 그렇게 한참을 아이에게 휴지를 쥐여 주고 등을 다독였다. 원장님께 먼저 허락을 구했다. 이 아이 교육비는 내가 내겠다고. 처음에는 원장님이 망설였다. 당시 학원의 위치는 낙후된 곳에 있었고 그래서 수강료도 저렴한 편이었다. 그렇다고 자선 사업가는 아니다. 그 중심을 잘 잡을 필요가 있었던 거겠지. 학원에 오는 아이마다 어떤 사정이 있을지 모르고. 나 개인이든 학원이든 어떤 학생에게 지원이라는 이름으로 편의를 제공한다면 다른 학부모 입장에서는 문제 제기를 충분히 할 수 있다. 원장님의 입장이 충분히 이해가 됐지만 이 말은 꼭 해야 했다.

"원장님, 저는 어른들로 인해서 아이가 피해를 보는 일은 없었으면 좋겠어요. 적어도 제가 뭔가 할 수 있다면요."

나의 마지막 말에 원장님은 나의 사비가 아닌 학원의 장학금 명목으로 그 아이의 수강료를 일체 무료로 해주었다. 때로는 비합리적인 현실이지만 나를 스치는 아이들에게만이라도 알려 주고 싶다. 비합리적인 현실도 그저 세상의 작은 일부분일 뿐임을.

11장

당신과의 만남 자체가 배움이었습니다

나의 첫 살림은 부모님에게서 독립하며 이루어졌다. 그리고 지금의 남편과 함께 살며 두 번째 살림을 차렸다. 세 번째 살림은 내 직업에서의 홀로서기이다.

B 영어 학원의 원장님을 나는 아직도 품고 있다. 유쾌한 장난꾸러기지만 상대방의 입장을 먼저 생각해 주는 그런 분이셨다. 인성 좋기로 유명한 연예인 유재석처럼. 유재석의 몸집의 2배는 될 것 같은 덩치였지만. 늘 웃고 있던 영어 원장님은 내게 그 어떤 것도 강요하지 않았다. 처음 홀로 운영하는 거라 설렘 반 두려움 반이었던 나를 배려해 주었고 항상 나의 의견을 존중해 주셨다. 내게 수학과 원장님이라 부르셨고 본인은 영어과 원장이니 당신은 나와 동등하다고 하셨다. 운영에 있어 내가

조언을 구할 때면 내가 하고 싶은 방향을 먼저 물어봐 주셨던 분이다. 손해가 날까 조바심을 보이거나 이익을 더 내기 위해 혈안이 된 모습을 한 번도 본 적이 없었다. 그분이 나를 대한 모습은 이후 내가 새끼 선생님을 키울 때 끄집어내는 롤 모델이 되었다. 처음 맡은 운영에 여러 아이디어가 있었고 다양하게 시도해 보고 싶은 욕심이 생겼다. 하지만 '시도'라는 것은 불확실한 것. 책임에 대해 엄격했던 나는 조심스럽게 영어 원장님께 내 의사를 비쳤다.

"원장님, 해보고 싶은 거 다 해보세요. 그래야 발전을 해요. 우리 영어과가 그래도 수학과 먹여 살릴 정도는 됩니다. 못 먹여 살릴 것 같으면 시작도 안 했죠. 우리가 그 정도는 자리 잡혀 있으니까 걱정하지 말고 해보세요. 도와줄 거 있으면 당연히 말씀하시고요. 서로서로 먹여 살리는 관계 아닙니까. 그리고 사실 이게 다 투자예요. 그렇게 해서 수학까지 선생님들 늘어나고 자리 잡히면 제가 떼돈 버는 거잖아요."

실제로 사교육 현장에 와서 노골적으로 자신의 이익이 최우선이었던 사람들을 많이 접했기 때문에 영어 원장님의 모습 그 자체로 내게는 공부가 되었다. 원장이 된 지금 생각을 해 봐도 그분은 그릇 자체가 다른 분이었다. 생각해 보면 그때부터였다. 밤낮없이 내가 일에 미치기 시작한 것은.

내가 해내는 것을 보여 주고 싶었다. 나를 믿어준 사람에게.

누구나 같은 마음이지 않을까. 아이들도 어쩌면 부모님이나 선생님이 믿고 지켜 봐 줄 때 좀 더 열정을 더할 수 있지 않을까. 내가 '기다림'을 배워야 할 이유가 생겼다.

12장

야망이 들끓는 병아리 원장

C 학원으로부터 원장 '스카우트' 제의를 받은 건 첫째를 출산하고 일 년이 지나지 않아서였다. 육아를 위한 휴식기 이후 첫 직장이었기에 나의 긴장도나 각오가 정말 대단했다. 급여 부분은 미래 지향적으로 협의했다. 현재 상황에서는 최선, 아니 최고의 대우인 듯 보였다. 이미 여러 번의 수학과 확장에 실패했던 영어 학원인지라 내가 확실하게 변화시켜야 한다는 책임감과 사명감이 나를 물들이기 시작했다. 어쩌면 이 학원의 새로운 시작이 나의 새로운 시작과 맞물려 내 야망에 불을 지피는 두근거림이었을지도 모르겠다. 대표 원장님을 통해 영어 학원의 주요 대상층과 학습 방향 등을 먼저 파악했다. 그리고 그에 맞춰 수학도 굵직한 것을 먼저 설정했다. 교육의 방향성을 잃지 않도록 운영 원칙을 정했다. 뼈대를 만들어 놓으니, 커리큘럼이나 교재 세팅은 매우 자연스럽게 살이

붙여졌다. 문제는 인테리어였다.

"대표 원장님, 간판과 출입문의 시트는 전문가의 도움을 받아야 할 것 같아요. 나머지 내부는 이런 식으로 꾸며 볼까 합니다."

현재 인원수는 학원이 제대로 운영되기에 '적자'인 상황. 그래서 무작위로 아이들을 받다 보니 그런 최악의 시간표가 만들어졌던 게 아닐까. 어쨌거나 최소한의 비용으로 탈바꿈하기 위해 밤낮으로 머릴 굴렸다. 내 핸드 메이드로 제작이 될 예정인 만큼 대표 원장님의 동의는 필요하다 생각했다. 그래서 그림을 스케치해서 간다거나 사진을 찍어서 보여 드렸다.

"아이고, 이런 건 또 어디서 배웠어? 이렇게 보니까 느낌이 딱 나긴 하네. 간판하고 시트는 내가 알아볼게, 그럼. 아니면 원장님 아는 데 있어?"

수학 학원을 살려 달라는 마지막 말로 근로 계약서를 쓴 것처럼 대표 원장님은 나의 의견에 전적으로 따라 주셨다. 연신 칭찬을 해주셔서 게시판 꾸미기에 혈안이었던 초등 시절로 돌아간 기분이었다. 대표 원장님은 수학 학원은 명의만 자기 것이니 그냥 알아서 잘 운영해 주면 된다고 하셨고 모든 걸 내게 맡기셨다. 내 학원이라는 생각으로, 내게 맡겨 준 대표 원장님의 기대에 부응하기 위해 꼬박 몇 달을 주말도 밤낮도 없이 쏟아부었다. 벽에는 나무를 붙였고 아이들의 이름이 붙었다. 아이들의 작은 꽃들도 나무에 붙였다.

한쪽에는 학원의 일정이나 규칙이 질서정연하게 줄을 섰다. 또 다른 벽면에는 갖은 교재가 배열되었다. 학원을 크게 키워 갈 야망으로 지금은 필요하지 않은 선생님들의 작은 보고서, 테스트지 하나까지 갖추는데 생각보다 꽤 많은 노력과 시간이 필요했다. 그만큼 대표 원장님과의 친밀도도 적립되었다. 놀라운 건 과묵한 영어 원장님이 자주 수학 학원을 들여다봐 주셨고 작은 종이 자르는 것이라도 도움을 주고자 손을 움직이곤 했던 모습이다. 말 없는 사람의 사소한 호의는 그야말로 삼농이었다.

어느 정도 학원 느낌이 나기 시작하자 홍보에 박차를 가하기 시작했다. 홍보는 많은 학원과 선생님들이 겪는 어려운 문제다. 특히 '겸손'을 인성으로 보는 대한민국에서 나의 필요성을 어필한다는 것은 따뜻한 아이스 아메리카노를 전해야 할 것 같은 고난도 미션이다. 겸손하게 자기 자랑이라니. 그야말로 최고 난이도이지 않을까. (영업을 주업무로 하는 모든 분들께 존경을) 학원이 워낙 많은 요즘에 어머님들은 학원에서 실시하는 홍보에 큰 관심이 없다. 지인들의 카더라를 더 믿고 신뢰한다. 어쩌면 아이들의 교육에 대해 알지 못해 스스로 판단할 수 없기 때문일지도 모른다. 그래서 다가가 말을 걸면 외면하기 일쑤다. 항상 경계의 벽이 있다. 따뜻한 아이스 아메리카노를 제공하기는커녕 대화의 기회조차 잡기 힘들다.

하지만 영어가 자리매김하고 있는 이 상황에서는 영어 학원 학생들이나 어머님에게 우리의 필요성을 어필할 수 있는 기회가 주어진다. 영어 학원이 '카더라'가 되어 준달까. 나에겐 이미 예비 학생 명단이 수십 명이 있는 거나 마찬가지다. 영어 학원이 쌓아 놓은 신뢰를 틀로 잡아 수학 학원의 실력을 덧대어 가면 딱 맞지 않을까.

영어 수업이 진행되는 층에 지속적으로 돌아다녔다. 새로운 인물은 아이들의 호기심을 불러일으켰고, 적극적인 아이가 하나라도 있으면 웃으며 말을 건넸다. 누구든 수학 상담을 원한다면 도와주겠다는 말과 함께. 나는 적어도 1년, 시간이 흐르면 흐를수록 더더욱 내가 있는 이 학원을 탄탄하고 거대하게 키워 나가겠다는 야망으로 가득했다. 필요하다면 잠도 자지 않았고 내 모든 걸 불살라도 아깝지 않았다. 아이를 출산하고 아이 때문에 편의에 관한 조건을 따졌는데, 아이 손을 잡고 주말에도 학원을 나올 수밖에 없었다. 나의 첫 원장 근무란 그런 것이었다.

신념과 열정이 똘똘 뭉친. 노련함보다는 패기로 가득 찬.

13장

나무에서 떨어진 선생님

"원장님, 와서 이것 좀 설명해 주세요."

수업 시간에 대뜸 원장실 문을 열고 선생님이 떨리는 손으로 시험지를 내민다. 수업 시간에 선생님이 다른 선생님에게 자신의 교실로 와서 문제 설명을 해달라니. 애써 침착하게 시험지를 바라보았다.

"오늘 애들 시험 친 건데 안 풀리네요."
선생님의 목소리가 미세하게 떨리고 있었다.

"지금 풀어 주다가 오신 건가요?"
"네, 안 풀려서 애들한테 원장님 모셔 온다고 했어요."

당황스러웠다. 재빨리 문제를 눈으로 훑으며 강의실로 향했다. 차분하게 아이들에게 설명을 해줬다. 최대한 다양한 접근 방식으로 능수능란하게. 적어도 수학 학원의 '수학 지식'이 문제가 되어선 안 되니까. 어떤 사업이든 절대 본질이 흔들려서는 안 된다. 나 또한 못 푸는 문제가 수두룩하다. 그저 그녀의 대처 방식이 안타까웠다. 그녀가 한 행동은 그녀의 부족함만 너무 적나라하게 보여 준 셈이다. 조금만 태연하게 몇 마디 했다면 아이들의 혼란을 막을 수 있지 않았을까.

"쌤도 헷갈리네. 나중에 더 정확하게 분석해서 제대로 설명해 줄게. 이 문제는 다 같이 확실하게 뿌시자."

대수롭지 않게 말하고 수업 이후에 나에게 가져왔다면 훨씬 더 매끄러운 수업이 됐을 수 있다. 애초에 나에게 가져오지 않고 이후 집중해서 문제를 풀어내 혼자 해결할 수 있었을지도 모른다. 조금은 능글맞아 보일지 모르겠으나 이러한 대처 방법을 통해서 부끄러운 순간을 현명하게 미룰 수 있었을 것이다. 능동적으로 해결하는 방식을 보여 줄 수도 있었을 테고.

선생님의 실수와 당황한 모습을 직관한 아이들은 신이 나서 이야기를 한다. 그 이야기는 학부모님의 귀에도 당연히 들어간다. 아이들은 그런 의도로 말하지 않겠지만 학부모 입에서 선생님의 무능력함만 메아리치는 경우도 간혹 발생한다.

분명 선생님도 사람이기에 모르는 문제도, 실수도 발생하기 마련이다. 모든 답을 아는 사람은 없으니까. 다만, 선생님은 이런 상황에 조금은 의연하게 대처할 수 있도록 연습하는 것도 필요하다. 겁먹지 말자. 선생님의 실수를 절대 용납 못 하는 학생이나 학부모는 별로 없다.

14장

내 건물은 프린트와 책 빌딩이다

"어머, 맞아요. 풀이 과정에 그런 게 다 나와요? 무슨 사주 보는 것 같네요. 신기하다."

신규 테스트 결과를 분석해 아이의 성향이나 태도에 관한 이야기를 상담에 덧붙이면 만나게 되는 반응이다. 마치 점을 보러 온 것처럼 신난 학부모가 종종 있다. 풀이 과정에 비중을 많이 두고 수업하는 나로서는 숱한 풀이 과정을 집중해서 분석해 왔다. 풀이 과정을 보면 아이의 성향이나 강점과 약점, 습관 등이 보이는 경우가 많다. 뭐, 나만 보일까. 선생님이라는 직업은 아이를 가르쳐야 하므로 끊임없이 분석하고 파악해야 한다. 선생님이라면 누구나 특화된 영역이다. 발전시켜야 하는 부분이기도 하고. 분석하고 파악한 건 부모님과의 상담에서 전달한다.

아이의 학습에 대한 모든 건 부모가 알 권리가 있다. 지금까지 내가 지도한 모든 아이의 상담을 직접 해온 이유다. 그것까지도 선생님의 역할이니까.

"원장님, 상담은 원장님이 전부 해야겠어. 아니 서로 원장 수업을 들으려고 하니까. 원장이 아이들 관리라도 해줘야 하지 않겠어? 원장 수업 못 듣는다고 다른 학원으로 가고 그런다니까. 그리고 다른 쌤들은 학부모들한테 많이 휘둘리기도 하니까 그냥 앞으로 안전하게 상담은 원장님이 하는 걸로 하자."

C 학원에서 근무하던 어느 날, 이 말만 하고는 내가 무어라 말도 하기 전에 대표 원장님은 방을 나가버리셨다.

학부모님들도 선생님의 눈치를 본다. 물론 시도 때도 없이 전화해서 '간섭'을 하는 엄마도 있지만 선생님이 바쁘거나 불편할까 봐 물어봐야 할 것도 못 물어보는 엄마가 대부분이다. 그래서 나는 주기적으로 학부모와의 소통의 계기를 만들어야 한다고 대표 원장님께 주장했다. 성적표든 문자든 전화든. 방법보다는 '소통'에 의미를 두고서. 그게 내가 모든 상담을 하겠다는 의미는 아니었지만.

학원 운영 방식을 묻는 신규 문의에는 정해진 매뉴얼대로 안내하면 된다. 그러니 일반적으로 규모가 있는 학원에서는 상담 선생님을 따로 두고 있다. 하지만 재원생 아이들의 학습 진행 현황에 대한 깊이 있는 상담은 매뉴얼대로 진행하는 신규 상담과는 다른 이야기다. 나는 상담을 위해 모든 재원생의 프린트와 교재를 분석해야 했다. 아이의 학습 상담은 대체로 아이의 '성장'에 포커스를 둔다. 아이가 가지고 있는 강점과 약점이 현재 어떤 식으로 보완되고 있고 그 경과가 어떻게 진행되고 있는지가 핵심이다. 대표 원장님은 그저 '원장'의 형식적인 목소리가 필요했던 건지 모르겠지만 나는 더욱 많은 분석과 상담의 경험을 쌓을 수 있게 되었다. 덕분에 오늘날 내가 선생님으로서 더욱 성장할 수 있었던 것은 분명하다.

책상 위에 너저분하게 쌓여 있는 각기 다른 높이의 프린트와 책을 보면 때때로 큰 숨이 새어 나오기도 하지만 오늘도 나는 프린트와 책 빌딩 속을 거닌다.

15장

사업과 교육 사업

"원장님, 우리 이번엔 할인 이벤트를 할까 싶은데."

"원장님, 일단 특강은 되는 대로 다 깔아 봐."

"원장님, 이 아이 이 시간에 안 되면 저 반에 넣으면 안 되나?"

"원장님, 얘네 같이 다녀야 다닌다고 하니까 한 반에 넣어 주는 것이 어때?"

C 학원의 규모가 커질수록 현실적인 배경은 가혹해지기 시작했다. 처음에 나를 마치 구세주처럼 붙잡던 대표 원장님은 먼 미래를 그리는 나의 의견에 동의하고 지원해 주셨다. 문제는 학원이 번성함에 따라 본질적인 것이 자꾸 오염되어 간다는 것이다. 그로 인해 발생한 미세한 균열은 금이 되고 어느 순간 갈라지기 시작했다. 학원의 규모가 커지자, 지출

금액의 단위가 달라지기 시작했다. 학생 수가 늘어서 규모가 커진 것은 맞지만 그러면서 선생님이 늘었다. 인건비는 가장 큰 지출이었고 다시 줄이기 힘들다. 늘어난 학생 수에 맞춰서 큰 지출을 감수하고 선생님을 늘렸는데 학생 수가 다시 줄어들면 학원에는 타격이 커지는 것. 그리고 포화 인원일 때 가장 큰 이익을 낼 수 있다. 학원의 규모가 클수록 번성했을 때의 수익 단위 또한 달라진다. 이런 일의 반복은 대표 원장님이 학생들의 '숫자'에 민감해지게 만들었다. 대표 원장님이 숫자에 예민해진 게 위기감 때문인지, 욕심 때문인지 내가 알 길은 없다.

어떤 사업이든 그 본질이 흔들리지 않으면 언젠가는 성공한다. 그리고 그 본질이 흔들릴 때 그 사업은 언제가 되었건 망한다. 교육 사업은 교육이 그 본질이다. 사업은 입소문이 큰 영향력을 가지고 있다. 그중 교육 사업은 입소문의 영향력이 아주 막대한 시장이다. 문제는 입소문이 도는 데 시간이 오래 걸린다는 것. 기다리지 못하고 목마르다고 바닷물을 마시는 우를 범하는 학원이 많아 성공하는 학원이 적다. 안타깝게도 번성하는 학원도 문제다. 기쁘고 만족하기보다 '조금 더'의 늪에 빠지는 경우가 많기 때문이다. '조금 더'의 늪에 빠지게 되면 결국 학생들의 '숫자'에 예민해지게 된다. 다른 상황이지만 같은 결말이다. '숫자'에 예민해지는 순간 본질이 흐려지기 십상. 슬픈 건 입소문이 느리게 퍼지는 특성상 망하는 데도 시간이 오래 걸리니까 피해자 학생만 늘어난다. 잘하는 학원이라는 과거의 소문을 이제야 듣고 왔다가 본질이 변해 버린 학원에서 시간을 버리고 간다. 교육 사업은 일반적인 사업과 다른 특수함이 있다.

아이들의 가장 중요한 시기를 책임지는 사업이라는 것이다.

아무래도 대표 원장님은 여러 번의 수학과 확장에서 실패를 경험했었기에 '본전' 생각이 있었을 지도 모르겠다. 나라도 그랬을 테지. 다행이라 해야 할지, 나는 그런 경험이 적어서 피해 학생을 만드는 입장이 되고 싶지 않았다. 또다시 나는 외로워질 거라는 걸 직감했다.

이곳에서의 원장 경험은 내가 가는 교육의 길에 확신을 심어 주었다. 희미했던 교육관이 뚜렷한 형체를 가지기 시작했다. '나'라는 사람의 쓰임이, 용도가, 역할이 선명해졌다.

16장

맨땅에 헤딩을 결심하다

"똑똑"

이제 막 출근했는데 벌써 대표 원장님이 오셨다.

"아니, 원장님. 안 된다니까. 학부모 컴플레인은 누가 다 감당하냐고. 아니 여기 원장님 학원 아니야? 다시 생각해야 된다니까, 진짜."

퇴사 의사를 밝힌 지 어느덧 3주째다. 이렇게 출근하면 곧장 대표 원장님이 찾아오신다. 서로가 서로를 설득하는 1시간의 대화. 타협점은 없다. 서로 자기 말만 하는 시간이다.

"원장님, 오늘도 고생했어요. 그런데 진짜 이렇게 해놓고 갈 수 있겠어? 이렇게 같이 만들어 놓고?"

수업이 끝나면 다시 반복된다. 1시간이. 그렇게 하루 2시간씩 꼬박 3주째 실랑이를 벌이던 참이다.

이미 나는 수업을 할 때 아이들의 눈을 피하게 된다. 나 또한 나만 바라보고 있는 이 아이들을 두고 갈 길을 가려니 여러 생각이 든다.

'이게 맞나? 지금 가르치는 애들도 책임을 못 지면서?'
그러다가 수준이 맞지 않아 뒤엉켜 있는 아이들의 현실적 학습이 또다시 눈에 들어온다.

'몇 번이나 바꾸려고 시도했지만 안 되잖아. 사람은 내 마음대로 할 수 있는 게 아니야. 이미 이곳은 내 교육관이랑 너무 많이 달라졌어.'

결국 칼을 뽑기로 했다.

"대표 원장님, 정말 죄송해요. 저도 제가 생각해 본 것을 해보고 싶어요. 어서 구인 광고 올리세요. 시간에 쫓겨 급하게 구하지 마시고 지금부터 여유롭게 진짜 괜찮은 인수자 구하세요. 안 구해지면 두 달까지는 제가 나올게요."

인수인계 의무 기간 한 달을 간접적으로 언급하며 확실하게 선을 그었다. 나라고 쉬운 결정은 아니다. 이곳에서 이루어 낸 것, 배운 것, 경험한 것 모두 소중하다. 이곳 구석구석 내 손때가 묻어 있다. 사람들과 그간 든 정도 있다. 가장 내 마음을 불편하게 하는 건 당연하게도 내가 지도하던 녀석들. 그걸 대표 원장님도 아는 터라 늘 나를 설득할 때는 아이들 이름을 이야기하곤 했다. 하지만 내가 원하는 곳이 아닌 다른 곳으로 향해 가는 것을 알게 된 이상 이 배를 계속 타고 갈 수도 없는 노릇이다. 학원가는 선생님 한 명이 바뀌는 것에도 예민하다. 원장이 바뀐다는 게 얼마나 큰 타격일지 너무 잘 알고 있다. 나가는 마음도 불편할 수밖에 없다. 내가 무엇을 감수해야 하는지도 알고 있다. 내 목표가 또렷해진 대신 내 미래는 희미해졌다. '상도덕'이라는 게 존재하듯 내가 이 학원을 나서면 이 학원 부근에서는 도의상 일하지 않는 게 예의다. 개인적으로 연락 오는 아이들과 부모님들도 내쳐야 한다. 괜찮다. 때로는 깎여지는 순간도 필요하다. 두려워하지 말자. 매끈해지는 과정일 뿐이다. 나는 다시 아무것도 없는 빈털터리가 되기로 각오하고 나서야 그동안 생각해 왔던 나의 교육을 펼쳐보기로 했다.

아무것도 없는 맨땅에 헤딩을 결심했다.

점토로 만든 도자기는 700℃ 이상의 온도로 구울 때 그 속의 불순물과 유기 물질이 없어진다. 초벌구이를 통해 도기는 강도와 이후 바를 유약의 밀착도를 높인다. 그야말로 단단해지기 시작하는 첫 번째 단계다.

17장

나는 듣보잡이었다

'과외도 아닌데, 한 타임에 한 명을 수업할 때도 있어요.'

내가 가입해 있는 온라인 학원 카페에 신규생이 늘지 않아 고민인 선생님의 글이 올라왔다. 학원을 오픈한 지 얼마 되지 않은 학원이면 누구나 한 번쯤 겪는 일이다. 물론 나 또한 그랬다. 처음 오픈했을 때에는 한 타임이 아니라 하루에 1명을 수업한 날도 있다. 누구나 처음은 있는 법. 그리고 점차 성장하는 거지.

학원을 오픈한 지 2일째, 상담 예약이 처음 잡혔다. 아침부터 얼마나 들떠 있었는지 모르겠다. 곳곳을 깨끗하게 청소하고 몇 번이나 둘러보았다. 학부모가 되어 학원으로 입장도 해본다. 들어오면서 어떤 게 시야에 들어오는지도 살핀다. 책상에 앉아 내가 만들어 놓은 커리큘럼을 꺼내어 들고 반복해서 웅얼거린다. 혀가 꼬이지 않길 바라며. 그렇게 시계를 볼 때마다 두근거리는 마음을 진정시키는 데 매번 실패하며 심호흡을 한다. 이런 긴장감은 몇 명 이상이 등록하면서부터 무뎌질 거라 생각했지만 거의 모든 정원이 채워져 있는 지금까지도 그런 걸 보면, 무뎌질 수 없는 일인가 보다. 어쩌면 그만큼 감사한 일이라는 의미겠지.

그렇게 기다리던 예약 상담 시간이 되어 어머니와 아이가 왔다. 차분한 어머니와 더 차분한 여자아이였다. 상담할 때 상대방이 말이 적으면 더 어려움을 느낀다. 내가 예측할 정보가 줄어드니까. 아이는 옆방에서 테스트를 치고 나는 어머니에게 학원의 운영 방식을 설명했다. 목포에 있는 대부분의 학원 운영 방식과 차이가 나는 방식이어서 지금도 신규 상담 시 이에 대한 오해가 발생하지 않도록 신경을 쓰고 있다. 나는 정답이라 생각하지만, 주변의 분위기와 다를 경우 소수의 입장에서 괜스레 위축되는 것도 사실이다. 나는 오늘 나를 처음 보는 사람에게 나의 교육관과 교육 방식에 대한 확신을 심어 줘야 한다. 그래서 내가 생각하는 교육의 본질, 추구하는 방향성과 그 필요성에 대해 강조한다. 나의 교육관과 맞는 사람이길 바라며.

첫 상담 학생의 어머니는 30점짜리 시험지를 바라보며 연거푸 물을 들이켰다. 생각보다 처참한 나의 분석에 입을 꾹 다무셨다. 그저 나의 이야기만 묵묵히 들으셨다. 큰 한숨을 두 번 내쉬었다.

"어머님, 방금 말씀드린 부분이 보완되면 충분히 성장할 수 있는 아이예요. 물론, 아이의 노력이 가장 중요하지만요. 그런데 지금보면 의지가 확실히 있어요. 충분히 잘해 나갈 겁니다."

"선생님, 마지막이라 생각하고 왔습니다. 우리 아이 잘 부탁드립니다."

질문도 말도 적은 어머니였다. 엄마가 아이의 미래 앞에 쉽게 결정할 수 있는 건 없다. 그 짧은 정적 속에서 얼마나 많은 고민과 생각을 하셨을까.

듣도 보도 못한 선생님에게 선뜻 자식을 맡길 수 없기에 대부분의 어머니들은 주변의 카더라 안테나를 뽑아 든다. 그건 어찌 보면 내 자식을 위한 엄마의 노력이다. 이렇듯 유명 강사에게 아이를 맡기는 것은 생각보다 어려운 결정이 아니다. 오히려 어떻게 해서든 기회를 만들려고 하니까. 하지만 아직 증명되지 않은 '나'라는 강사에게 아이를 맡기는 것은 믿겠다는 의지에서 어려운 결정을 내린 것이다. 운 좋게도 나는 첫 학생의 학부모 덕분에 책임감을 선명하게 새길 수 있었다. 나 같은 '듣보잡'의 소신을 가만히 들어주고 믿어 주고 자식을 맡겼다. 과외도 아닌데 한 타임에 한 명? 그 아이는 내가 듣보잡인 데도 불구하고 나에게 '미래'를 맡겼다.

날 믿고 미래를 맡겼는데, 그 정도는 누릴 권리가 있지 않나.

18장

시기를 놓친 아이

"저희 아이가 원래는 잘했는데, 5학년이 되고부터 조금 필요하다는 생각이 들어서요."

"그동안에는 잘했으니까 필요성을 못 느꼈는데, 이제 고학년이니까 조금씩 힘들어하네요."

짧지만 긴 사전 상담을 마치고 컴퓨터 앞에 앉았다. '필요하다고 생각된다.' '이제는 힘들어한다.'라는 표현이 등장하는 상담은 아이의 구멍이 드러나기 시작했다는 의미다. 허술했다면 기초반으로 가는 가능성까지 염두에 두어야 한다.

'들어 보니 분수 개념 체크가 필요하겠네. 확실하게 파악하는 타입이

어서 정말 이제 슬슬 힘들어진 거면 좋겠는데…'

파바밧 소리를 내며 거칠게 테스트 종이를 내뱉는 프린트기를 두고 포스트잇에 또박또박 적어 내려갔다.

4월 17일 6시 김OO (초5)
-분수 개념 확인
-아이의 벽이 등장한 시기를 파악할 것
-기본 연산의 정확도 체크
-학습 성향이 가장 중요한 상황

테스트 날이 되어 긴장되는 듯 쭈뼛쭈뼛 아이가 들어온다. 나를 어색하게 쳐다보며 눈빛으로 안내를 바란다. 아이에게 친절하게 시험에 대해 설명해 주었다.

"너를 평가하는 게 목적이 아니라 너의 강점과 약점을 알아보려는 게 목적이니까 부담 갖지 않아도 돼. 대신, 풀이 과정이 많아야 선생님이 정확하게 확인할 수 있어. 풀이 과정만 최대한 적어 줘. 모르는 건 별표를 해도 상관없어."

어색해하던 아이는 이내 고개를 끄덕이며 연필과 지우개를 꺼낸다. 어서 가라는 듯 나를 쳐다보는 아이에게 두 주먹을 불끈 쥐어 보이며 자리를 피해 준다. 슬쩍슬쩍 아이를 바라보니 검은 오로라가 주변을 감싼 듯 혼자만의 세계에 흠뻑 취해 있다. 집중도가 좋은 아이, 의지가 있는 아이다. 이런 친구들은 성장 속도가 좋은 편이다. 시험지의 상황도 곁눈질로 바라본다. 여기저기 흐트러지게 쓴 숫자가 제각각 개성 있게 춤추고 있다. 풀이 과정에 대한 개념이 재정립될 필요가 있는 아이. 어느새 아이가 날 발견하고는 주춤한다.

"친구야, 혹시 너 수학 좋아하니?"

모든 신규 테스트 아이에게 반드시 물어보는 질문이다. 수학에 대한 호감도는 그간의 아이 학습 태도나 수준, 자신감을 동시에 알아내기 쉬운 나만의 지표다.

"… 아니요."

어김없다. 바로 앞에 수학 선생님이 있어도 굴하지 않고 10명 중 9명은 수학이 싫다고 한다. 흔들림 없이 나는 다시 묻는다.

"엥? 안 좋아해? 그래? 그럼, 언제부터 안 좋아했어? 수학이 너한테 잘못한 것도 없고 처음부터 안 좋아하진 않았을 거 아니야."

"… 음 …"

기다리는 내 표정이 부담스러운지 연신 손을 주물럭대다 말을 꺼낸다.

들릴 듯 말듯 작은 목소리로.

"3학년쯤이요."
"아 … 혹시 분수 배울 때, 그쯤 맞아?"
"아! 네!"

확실하다. 이 아이는 분수의 정확한 개념과 의미를 이해하지 못했다. 이후 아이가 돌아가고 어질러진 숫자가 가득한 시험지를 자세히 들여다보았다. 아이의 태도적인 부분에서는 굉장히 의욕이 있었으며 욕심도 없지 않았다. 이 아이는 아주 답답했을 뿐이다. 정확한 개념을 모르니 안개속을 걷는 느낌이랄까. 그러니 재미있을 턱이 있나. 늘 불안할 뿐. 시험지에는 어느덧 동그라미보다 작대기가 더 많다. 그동안에 잘해 왔는데 이제야 필요성을 느낀 아이의 점수는 속상하게도 38점이었다. 생각에 빠졌던 나는 빠르게 끄적였다.

'현실적 상담 요망'

첫째 엄마들이 많이 놓치는 사실이 있다. 내가 가르치는 것은 입시를 전제로 둔 수학이다. 공부를 나의 무기 삼아 입시 전쟁을 치르겠다는 아이들을 훈련한다. 공부로 진로를 결정한 아이들이 모여 경쟁하는 곳이 일반고다. 실업계의 아이들이 빠지고 공부하는 아이들끼리의 대결이다. 하지만 엄마들이 아이가 어떤 곳에서 어떤 경쟁을 펼칠지 염두에 두지 않는 경우가 많다. 초5부터는 중등부 수학과 그 개념이 직접적으로 연결되는 데다 피드백이 1년, 2년 걸리는 게 수학이다. 이미 초5 때부터는 보이지 않는 거리가 벌어지고 있다는 뜻이다. 일반고 진학을 진로로 계획하고 있다면 초등부일지라도 공부하는 아이들끼리의 암묵적인 기준에 어느 정도 발을 맞출 필요가 있다. 그러지 않으면 혼자 현실과 동떨어진 곳에서 길을 잃는다. 자주 발생하는 상황이지만 마주할 때마다 안타깝다. 애초에 체계적으로 쌓아 가는 게 가장 좋은 방법일 텐데, 왜 엄마들은 아이의 구멍을 확인해야 움직이는 걸까.

엄마들이 알았으면 좋겠다. 교육은 지금을 배우는 게 아니라 미래를 준비하는 것이라는 걸. 이후 추가될 무게를 염두에 두고 처음부터 탄탄한 뼈대를 만들어 둬야 한다는 것을. 아이들이 수학을 포기하는 이유 중 큰 비중을 차지하는 게 학습 시기를 놓친 것임을.

19장

방목일까, 방치일까

"저는 아이의 의견을 존중해요. 아이가 공부할 생각이 없다면 저도 시킬 생각 없어요."

전화기 너머로 들려오는 어머니의 목소리에 쿨내가 진동한다. 요즘엔 이렇게 쿨한 엄마가 많이 등장한다. 나는 오해로 인해 이런 어머니들이 많이 생겼다고 판단한다.

언젠가 돼지엄마, 고슴도치 엄마, 헬리콥터 맘, 잔디깎이 맘 등 자식의 일에 스스로가 주체가 되어 아이들을 끌고 가는 엄마들이 성행했었고 그들에 대한 비판의 목소리가 높아졌었다. 사회는 그러한 성향을 보이는 엄마들을 다름이 아니라 틀림으로 간주하며 은연중에 자식을 망치는 부모로 낙인찍었다. 때마침 아이를 풀어놓고 키우는 방목형 교육 방식이 등장했고 그러자 방치와 방목을 구분하지 못하는 쿨한 엄마들이 대거 등장했다.

아이를 존중한다는 게 왜 아이의 말을 다 듣는 게 되어 버렸는지 모르겠다.
아이를 존중한다는 게 왜 아이의 결정대로 다 따르는 게 되어 버린 건지 모르겠다.

아이들은 지금 이 시기를 처음 겪는다. 지금 겪는 이 시기가 자신의 인생에 어떠한 영향을 미치는지 알 길이 없다. 어떠한 영향을 미치는지 뿐만 아니라 심지어 이 시기가 어떤 시기인지도 인지하기 어렵다. 그만큼의 경험치 있는 인생을 아직 살아보지 못했다. 현명한 판단을 할 데이터가 부족하다. 그러기에 좀 더 경험치가 많은 부모에게 양육 의무가 있는 게 아닌가. 교육은 부모의 양육 의무 안에 포함되어 있다. 올바른 결정을 할 수 있도록 방향을 제시해 주고 간접적으로 판단에 필요한 여러 정보를 알려 줘야 한다.

흔히 말하는 방목형 교육과 방치는 굉장히 다르다. 방목형 교육은 아이를 방치하는 게 아니라 아이가 다양한 경험을 할 수 있도록 유도해 준다. 그리고 아이가 결정할 때 결정에 따른 예상 결과나 주의점도 알 수 있도록 유도한다. 아이가 스스로 좋아하는 것을 찾을 수 있도록 많은 기회를 제공한다. 스스로가 발견하고 결정해서 나아갈 수 있도록 기다려 준다는 의미다. 방목형 교육은 아이의 교육을 사사건건 간섭하며 감 놔라 배 놔라 하는 주체를 뺏는 방식의 교육보다 사실 훨씬 더 까다롭고 인내심이 필요한 어려운 방법이다. 아이에 대한 믿음을 베이스로 인내와 격려에 대한 노력이 많이 들어가니 그만큼 효과적이다. 반면에, 방치는 냉정하게 말해 아무것도 하지 않는다. 방목형 교육의 정반대 개념이다. 모든 결정을 아이에게 맡기고 그에 대한 책임도 아이에게 떠넘긴다. 아니, 중간에 갑자기 아이에게 화를 내는 경우가 많다. "이제 알아서 할 때도 되지 않았니?"라든가. 아이와의 전쟁이 엄두가 나지 않아 피하는 경우도 있다. 자포자기에 가깝다고나 할까. '방목형 교육'의 의미를 잘 모르는 엄마들은 바쁜 맞벌이 생활에 '방목'이라는 포장으로 방치를 하기도 한다.

방목이냐, 방치냐, 나아가 부모가 주체가 되는 교육이냐는 수단에 지나지 않는다. 아이의 양육이나 교육에 정답은 존재할 수 없다. 우리가 잊지 말아야 할 것은 본질이다. 본질은 아이들의 교육이다. 교육의 목적은 아이들의 건강한 독립과 행복한 삶에 있다. 이를 이루기 위해서는 반드시 아이들 내면의 성장이 필요하다. 목적을 분명히 하면 헷갈릴 일은 줄어든다. 아이가 평생을 하고 싶은 것만 하며 살아갈 수 있을까. 하기 싫어도 해야 하는 의무감을 배우지 않은 아이가 이 사회를 올바르게 살아갈 수 있을까. 아니, 애초에 '성장'은 '어려움'과 '극복'에서 오는 단어다. 아이들의 교육은 '성장' 없이 불가능하다. 왜 엄마들은 아이가 싫다면 시키지 않는 걸까. 무슨 일이든 슬럼프는 있기 마련이고 좋은 시간이 있으면 힘든 시간도 있는 법이다. 그렇게 성장해 간다. 유명 강사가 "고작 공부 하나 제대로 못하면서 사회에서 뭘 하겠다는 건데?"라는 이야기를 하는 동영상을 본 적이 있다. 크게 공감하는 부분이다. 공부를 '못'한다는 게 '성적이 낮다'의 의미가 아님을 부모가 깨달았을 때, 이 강사의 핵심 맥락을 제대로 짚을 수 있는 부모가 되었을 때, 그 부모는 아이가 스스로 성장하는 환경을 만들어 줄 수 있지 않을까.

아이들에게 더 다양한 경험의 기회가 열리길 빈다. 인내하는 경험도, 극복하는 경험도, 즐기는 경험도, 좌절하는 경험도. 이렇듯 아이들의 경험 기회의 제공 또한 어른들에게서 오니까. 아이들이 Go, Stop의 단순한 '결정'을 하게 하기보다 '이유'를 먼저 고민하고 '선택'할 수 있도록 부모가 아이의 시야를 넓게 펼쳐 주면 어떨까.

역시, 부모가 제일 어렵다.

20장

바쁜 엄마

"선생님, 제가 바빠서 신경을 못 썼네요. 선생님이 알아서 해주세요. 금액만 문자로 남겨 주세요."

예비 중3 아이의 특강 안내를 위해 건 전화에 다급한 엄마의 목소리가 돌아왔다. 나는 4주간의 수업을 진행하면서 아이의 학습적인 부분과 태도적인 부분 등 두루두루 적힌 '보고서'를 보내는 편이다. 방금 막 아이의 향후 학습 진행 방향에 대해 이야기하던 참이었다. 난처했다. 고등부 특강의 경우 아이들의 멘털이 많이 흔들리게 된다. 그래서 나는 부모님과 더 자주 소통하며 아이의 멘털 키우기도 함께 돌입한다. 그런데 중3 아이 엄마의 다급한 목소리를 듣고 그 어떤 안내도 못 하고 전화를 끊을 수밖에 없었다.

[어머님 통화 가능한 시간을 문자로 남겨 주시면 그때 다시 전화드리겠습니다.]

간단하게 통화를 희망하는 문자를 남겼다. 그리고 2일간 돌아오는 답장은 없었다. 기다리다 다시 통화를 희망하는 문자를 남겼다. 그리고 돌아온 대답.

[제가 너무 바쁘네요. 그냥 선생님 생각대로 진행해 주세요. 늘 선생님을 믿고 있어서 온전히 맡길 수 있습니다. 감사합니다.]

믿어 주시는 어머니에게 항상 감사한 마음을 가지고 있다. 그리고 어머니는 진짜 나를 믿고 계시기에 이렇게 하실 수 있다는 것도 알고 있다. 아무리 바쁘더라도 믿지 못하는 선생님이라면 무엇이든 마음에 걸리는 게 하나씩 생긴다. 마음에 걸리는 게 생기면 지속적인 관심을 갖고 지켜본다. 책을 들춰 본다든가 진도의 속도를 확인해서 주변과 비교해 본다든가, 더 꼼꼼하게 확인한다. 그러다 결국에는 컴플레인이나 퇴원으로 이어지기도 한다. 아이에게 계속 신경을 쓰고 확인하게 된다는 뜻이 아이를 위해 좋게 작용하기보다 건더기를 잡게 되는 상황이 되는 경우가 더 많은 게 사실이다. 아이러니하게도 엄마들은 믿는 선생님에게 맡기면 아이들에게 소홀해진다. 이 선생님이 이렇게 하실 때에는 이유가 있을 거라 생각한다. 실제로도 선생님이 수업을 진행하면서 결정하는 모든 사항과 그 이유를 부모님들께 일일이 다 말씀드리기엔 분명 현실적 어려움이 존재한다. 그래도 아이 교육의 흐름이나 방향성은 부모님이 반드시 알고 있어야 한다. 그러니 주기적인 소통이 필요하다. 소통은 선생님 혼자가 아닌, 쌍방으로 이루어지는 것이다.

선생님과 부모님 간의 신뢰는 중요하다. 다만, 선생님의 역할과 엄마의 역할은 다르다. 무엇이든 판단과 결정은 아이와 상의해서 엄마와 아이가 내려야 한다. 선생님은 제안자의 역할을 하며 전문가로서 효과적이고 적절한 방법과 방향을 제시해야 할 의무가 있다. 그에 대해 결정을 내리기 위해선 아이의 학습 방향이나 진행 상황을 엄마가 알고 있어야 한다. 이게 제대로 이루어질 때, 아이가 가는 방향과 길을 부모가 정확히 이해할 수 있다.

21장

남자는 뭐니 뭐니 해도 친구지

"남자는 그래도 친구, 의리가 제일 중요합니다."

상담 중 아버님의 단호한 말투에 김보성이 떠올랐다. 텔레비전에서 보던 선글라스 낀 김보성은 연신 "으~리~"를 외치며 주먹을 불끈 쥔다. 으리인지 의리인지 그에게는 그 무엇보다 중요한 가치관임을 거듭해서 강조한다. 지금 이 아버님처럼 말이다. 친구 때문에 속이 문드러지는 부모는 굉장히 많다. 그렇지만 부모가 나서서 친구와의 의리를 강조하는 경우는 굉장히 드물다. 오해가 있을까 싶어서 부연 설명을 하자면, 아이들끼리의 사이좋은 교우 관계를 걱정하는 경우는 많지만 덮어놓고 의리가 중요하다고 말하는 경우는 별로 없다. 아이에게 귀가 시간을 물어볼 때 수업 끝나고도 한참 지난 늦은 시간에야 집에 들어간다는 이야기에 의아해했는데 나의 의문점 하나는 확실히 풀렸다. 아버님과의 상담 내용은 다름 아닌 아이의 숙제 불성실에 대한 이야기였다. 어쩌다 의리까지 나오게 되었을까. 아이는 늦게까지 친구들과 놀다 집에 들어갔다. 자연스레 숙제할 시간이 촉박했고 숙제의 완성도가 떨어진 것이다. 이런 악순환은 반복되었고 나는 아버님에게 상담 요청을 하게 된 것이다. 그러니 그 원인인 '우정'에 대한 이야기를 하지 않을 수가 없었다.

친구 관계에 대한 오해를 풀어야 한다. 우정이라는 이름을 갖다 붙인다고 다 친구는 아니다. 같은 학교를 다니고 있어도 모두 친구는 아니다. 나는 '긍정적인 관계'를 유지할 수 있어야 친구라고 생각한다. 너와 내가 서로에게 긍정적인 영향을 미쳐야 '진정한 친구'가 될 수 있다. 너로 인해 내가 지속적인 상처를 받는다면, 너는 친구라 말할지라도 내게는 친구가 될 수 없다. 내가 너를 갉아먹는다면 우리가 서로 친구라고 주장하더라도 친구로 '인정'받을 수는 없다. 진짜 친구라면 상대방이 잘 되길 마음 깊은 곳으로부터 빌어 준다. 좋은 일이 있을 때 진심으로 기뻐하며 축하해 준다. 잘못되지 않길 바라는 마음으로 때로는 제대로 된 충고도 피하지 않고 할 수 있는 관계다. 친구와 오랜 시간을 공유하는 것이 진정한 우정이라고 할 수도 없다. 내가 할 일을 미루고 일상이 무너지면서 만나는 친구가 진짜 친구가 맞긴 할까. 조금 더 일찍 헤어지고 미래를 위해 투자하는 시간을 만드는 것도 이해 못 하는 친구가 진짜 의리 있는 친구는 아닐 것이다. '진짜 친구'에 대한 고민 없이 "아이에게 친구가 있는 게 성공한 인생이다."라고 말한 아버지는 어쩌면 아이의 시기를 보지 못한 건 아닐까. 혹은 그 본질을 아이가 안다고 섣불리 뛰어넘고 얘기한 건 아닐까. 아직 아이는 아버지와 소주 한잔 걸칠 나이가 아닌데 말이다.

'주변'은 '환경'이 된다. 아이는 아이가 속한 주변에 물들며 성장할 것이다. 그러니 아이의 '주변'도 유심히 지켜봐야 한다. 물을 좋아하는 아이를 물가에 내놓더라도 내가 아이를 계속 지켜보고 있어야 하는 것처럼.

22장

인성이 제일 중요해요

"저희 부부는 아이에게 인성 말고는 바라는 게 없어서요. 그게 제일 중요해요."

나도 아이를 키우고 있기에 이 말에 격하게 동의한다. 그런 말도 있지 않은가.

'인간이 먼저 되어라.'

내가 아이들에게 가끔 하는 말이기도 하다. 인성이 갖춰져 있지 않은 사람은 무엇을 하든 길게 갈 수 없다. 운이 좋아 지금은 들키지 않은 것일 뿐 시한폭탄을 안고 있는 것과 같다. 그런데 지금 상담에서 이 말을 들으니 나도 모르게 고개를 갸우뚱했다. 아이 부모님에게 되물을 수밖에 없었다. 인성의 기준이 무엇인지. 돌아오는 대답은 나의 복잡한 마음과는 달리 간단명료했다.

"나쁜 짓 안 하는 거요. 아니면 남에게 피해 안 주는 거요."

나쁜 짓을 안 하는 게 인성이 좋은 거라니. 이 표현은 잘못된 표현이다. 나쁜 짓은 당연히 하면 안 되는 거니까.

이 상담의 핵심은 아이의 무책임함이었다. 아이의 잦아지는 지각과 숙제 미이행에 대한 이야기 중에 어머님에게서 나온 인성 교육관은 나를 몹시 혼란스럽게 만들었다. 인성이 중요하다는 이야기를 공식처럼 말하는 사람이 늘고 있다. 내가 생각하는 인성의 범주는 어떤 것인지 생각해 볼 문제다. 아이가 수업 시간을 지키는 것은 약속 시간을 지키는 걸 학습하는 부분이다. 아이가 숙제를 하는 것은 자기 발전에 관한 사항도 되겠지만 자기가 맡은 바 의무를 실행하는 것과도 같다. 조별 수행 평가에서 해와야 하는 숙제를 미이행할 경우 다른 친구들에게 영향이 가기도 한다. 수업 시간을 제대로 지키지 않거나 숙제를 안 해 오는 것은 '나쁜 짓'이라고 보기는 어렵다. 하지만 '잘못된 행동' 정도는 되지 않을까. 선생님의 질책에 반 아이들은 다 같이 혼나는 기분으로 눈치를 보게 된다. 반 분위기가 좋지 않을 수밖에 없다. 이게 바로 남에게 피해가 가는 순간이지 않을까.

현실적인 이야기로 들어가자면 어른이 되어 사회생활을 할 때 수업 시간을 지키는 것은 출근 시간을 지키는 것과도 같다. 숙제를 해내는 것은 회사에서 주어진 자신의 양을 해내는 것과도 같은 의미이다. 조별 수행평가는 회사에서 맡게 된 팀의 프로젝트 같은 이야기다. 사람들의 각자 맡은 바가 이루어지지 않을 때 과연 서로에게 피해가 없을까. 우리는 직장에서 지속적으로 지각을 하거나 자신의 업무를 미루는 사람들을 보고 인성이 좋다고 이야기하지 않는다. 심지어 프로젝트에서 자신의 몫을 하지 않는다면 그 사람의 인성에 대한 평판은 어떨까. 반대로 직장에서 항상 출근 시간을 잘 지키고 자신의 업무를 잘 해내는 사람을 보면 인성이 좋다고 할까. 딱히 그런 것도 아니다. 인성에 있어 기본값일 뿐. 대신 성실하다는 평은 들을 수 있다.

인성이 좋으려면 플러스 알파의 요인이 필요하다. 친절과 배려 등등 좀 더 주관적이고 인간적인. 인성에 대해 아무리 고민해 봐도 나는 기준을 정할 수 없었다. '태도'가 그 열쇠라는 것밖에. 그래서 나는 결론을 내렸다.

인성은 성실함과 완벽히 같지는 않다. 하지만 성실함은 인성의 기초 바탕이 된다. 헷갈릴 땐 성실함부터 갖춰 보는 건 어떨까.

23장

그냥 보강해 주세요

"선생님, 오늘 제가 회식이라 아이의 픽업이 어려울 듯해요. 그냥 금요일에 보강해 주세요."

우리 학원은 차량을 운행하지 않는다. 1인 원장 체제다 보니 나 혼자 수업부터 운영까지 모든 것을 소화해야 한다. 학원 차량은 꿈조차도 꿔 본 적이 없다. 가까워서 홀로 등원하는 아이들은 하루 일과가 규칙적으로 짜여 있어 돌발 변수가 적다. 오히려 부모님의 차량을 이용하는 아이들은 지각이나 결석이 발생하기도 한다. 그 이유는 대개 부모님에게 있다. 정말 안 좋은 상황은 부모님으로 인한 지각이나 결석 이후 부모님이 원인이면 괜찮다고 아이가 생각해 버리는 것이다.

전화기로 들려오는 어머님의 말에 선뜻 대답할 수 없었다. Yes도 No도. 애초에 내게 물음이 아니었기 때문이었을까. 지금 뭔가를 하고 있다며 둘러댔다. 양해를 구하고선 전화를 끊었다. 생각할 시간이 필요하다고 말할 수는 없었으니까. '현타가 온다.'라고 표현하는 순간이 바로 지금이다.

내 기억에 가장 자극적이었던 단어는 '회식'과 '그냥'이었다. '회식'이 아니라 '빠질 수 없는 자리'라 바꿔 지칭했다면 조금은 덜 속상했을 듯하다. 수학 특성상 특히, 나처럼 반별 수업을 진행하는 경우 한 번의 결석이 별것 아닌 것처럼 보여도 다음 수업을 매끄럽게 진행할 수가 없다. 끊어진 다리와도 같으니까. 그러니 결석한 아이는 그만큼의 보강을 매번 진행해 왔다. 이는 사실 의무라기보다는 선생님으로서의 사명감 또는 열정이다. 어쨌건 아무래도 나는 '보강'이 가벼워지는 게 싫었던 모양이다. 보강은 무보수로, 오롯이 선생님의 봉사로 진행되는 수업이다. 그에 대한 일정을 쉽게 이야기하는 것처럼 보이는 상황에 내가 느꼈던 감정은 불쾌함이었을지도 모르겠다.

이후에 차분하게 내 이야기를 전달했다. 개별적 사유에 의한 결석은 결석으로 처리되며 이에 대한 보강의 의무는 없음을. 그렇지만 나는 아이의 학습에 빈틈이 생기는 걸 원치 않아 보강을 진행할 예정이라는 것. 그리고 내가 가능한 시간을 먼저 알려 드리고 시간 약속을 잡았다. 속이 시원할 줄 알았는데 찝찝함만 더해졌다. 일주일이 넘게 내 머릿속에서 맴돌았다. 나중에야 깨달았다. 내가 원하는 것은 '존중'이었다는 것을.

'존중'은 내가 떼써서 받을 수 있는 게 아니다. 찝찝함의 원인은 현명하게 대처하지 못하고 존중해 달라 떼쓴 내 대처였다. 물론, 당시 어머님은 전혀 의도하신 게 아니다. 그래서 더 고민이었다. 의도하신 게 아니니 내가 흘려보내야 하는 건지, 그래도 표현을 해야 하는 것인지. 내가 존중받기 위해서는 어떻게 대처해야 했던 걸까.

사교육은 '존중'이 돈에 가려지는 경우가 종종 발생한다. 그래서 선생님의 입장에서는 더욱 조심스러울지도 모르겠다. 학부모와 선생님은 아이를 함께 이끌어 가야 한다. '존중'이 그들을 엮고 있을 때, 단단하게 결속할 수 있다. 나는 고민 끝에 '존중'을 요청하기로 했다. 의도적으로 그런 상황을 만드는 경우는 없을 테니까. '존중'을 떼쓰지 않고 요청하기 위해 3가지의 규칙을 공지했다. '미리', '보강 방식', '시간제한'.

〈보강 규칙〉

1. 부득이하게 수업을 빠져야 할 경우 미리 알려 주세요.
2. 오지 못하는 상황에서는 Zoom을 통해 수업 참여 부탁드립니다.
   비대면 수업조차 진행할 수 없는 경우에는 녹화본으로 제공됩니다.
3. 보강 수업 시간은 정규 수업 시간처럼 정해져 있지 않습니다.

안내문이 나갈 때 이 문구를 추가했다.

'보강은 선생님의 열정입니다.'

24장

핵인싸 엄마

"선생님, 제가 그래도 그룹을 만든 거나 마찬가지인데 뭐 없나요?"

쾌활하고 시원시원한 학부모님이 상담 후 수업 등록을 했다. 그리고 연이어 친구들이 몰려와 등록을 했다. 친구들이 등록할 때마다 전화가 왔다. 감사한 마음과 별개로 나는 같은 반 신규생을 한 번에 받는 걸 달가워하지 않는다. 그 신규생들이 서로 친구라면 더더욱 그렇다. 신규생 유치가 어렵고도 어려운 요즘 같은 때에 누구라도 소개를 해준다고 한다면 그야말로 감사할 일이다. 그런 현실을 모르지 않지만, 따라오는 부작용도 염두에 두어야 한다. 안정을 선호하는 나는 확실히 피하고 싶은 상황이다.

신규생이 오면 아이를 파악하고 호흡을 맞추는 데 에너지를 많이 소모하는 편이다. 그렇기에 한 반에 신규생이 다수로 발생하는 경우를 방지하려 노력한다. 애초에 반별로 티오(TO)가 많지 않아 신규생이 우르르 발생하는 경우도 흔치는 않지만. 하필 유독 이 반에만 티오가 많았다. 이뿐만이 아니다. 친한 친구가 함께 학원에 다닐 때 모 아니면 도다. 함께 시너지 효과를 내면서 엄청나게 성장하든가 같이 놀자판이 되든가. 나는 긍정이든 부정이든 극단적인 결과를 좋아하지 않는다. 특히 여자아이들은 친구들이 모여있을 때 아이들끼리의 싸움이 수업까지 전이되는 경우도 발생한다. 이 경우가 가장 난처하다. 앞에서 말했듯, 나는 아이들의 학습에서 안정적인 방법을 더 선호한다. 여러모로 나는 부담이 되었다.

3명째 친구가 등록을 하던 날, 학부모님이 내게 수강료 할인을 시원하게 요구했다. 감사의 의미로 기프티콘을 보내기도 했지만 수강료 할인은 생각지 못한 부분이었다. 아이들의 수강료에 차이가 생긴다면 혹시라도 내가 아이들을 돈으로 보는 최악의 상황이 발생하지 않을까 하는 조바심에 수강료는 절대로 손대지 않는다. 전원 금액이 같게 할인을 해주면 몰라도(코로나 때 전원 할인을 진행한 적이 있다.). 늘 성실함으로 학습 의지가 내게 와닿았던 아이가 갑자기 달리진 피치 못할 사정이나 상황이 발생하지 않는 한(이런 경우도 아주 가끔 발생한다.). 망설임 없이 거절 의사를 전했다. 얼마 지나지 않아 어머님은 수업을 종료했다. 그리고 함께 왔던 친구들이 한 명을 제외하곤 모두 떠났다. 언젠가는 일어날 일이 결국 일어난 것이다.

교실이 갑자기 휑해진 느낌이었지만 나는 오히려 안정감을 찾을 수 있었다.

친구가 함께 수업을 등록하는 건 사실 매우 감사한 일이다. 다만, 아직 나의 역량이 그를 수용하지 못할 뿐. 이렇게 여럿이 등록할 때, 수강료 할인이 일부 들어가는 것도 어찌 보면 현명한 선생님의 감사 표현일지도 모르겠다.

이렇게 나의 꽉 막힌 원칙이 의도치 않게 상대방에게 상처를 주는 순간도 때로는 발생한다. 하지만 별다른 방법이 없다. 나에 대한 분석 후 충분히 고민한 다음 스스로 정한 운영 기준이니까. 교육의 본질을 지키기 위해 정한 원칙인만큼 지켜야지.

흔들리지 말고 이런 순간도 있음을 겸허히 받아들이자.

25장

엄마의 숙제

"선생님, 숙제 좀 안 내 주시면 안 되나요?"

"네?"

반사적으로 되물었다. 태연하게 대처했어야 했는데 나도 모르게 질문으로 답했다. 초등부 부모 중에는 아주 가끔 이렇게 아이의 숙제가 적길 바라는 분들이 있다. 그럴 때면 숙제의 필요성에 대해 이야기를 꺼낸다. 숙제의 역할이 단순히 문제를 푸는 게 다가 아니기 때문이다. 숙제는 복습의 의도가 들어가 있고 그를 통해 숙련도를 높인다. 집에서의 학습 습관과 학습량을 늘리려는 목적도 포함되어 있다. 이런 이야기 뒤에는 어머니의 한숨이 들려왔다.

"요즘 애들 거 너무 어렵더라고요, 선생님."

"그쵸, 교육의 질이 저희 때와 많이 다르죠. 점점 더 교육의 질은 좋아질 수밖에 없고 또 그래야 해요. 그래서 더 피할 수 없기도 해요."

말을 하다 보니 의문이 들었다. 숙제 얘기를 하다가 어렵다는 얘기가 들렸다는 게 신경이 쓰였다. 이건 아이가 편하길 바라서 요구한 숙제 감량이 아니다. 제대로 확인하고자 재차 물었다.

"어머님, 근데 어머님은 그렇게 교육을 안 받아서 어려워 보일 수 있지만 아이는 지금 원리부터 풀어내는 본질적인 교육을 받는 중이에요. 그러니 괜찮아요. 그리고 아이가 어려워 모르는 걸 배우려고 저와 학습하는 거잖아요."

"자꾸 아이가 숙제를 갖고 와서 물어보는데 이게 제 숙제인지, 내 숙제인지…"

역시다. 그럴 줄 알았다. 내가 학부모들에게 신신당부하는 것이 있다.

숙제는 답을 낼 수 있도록 도와주는 게 아니라 혼자 힘으로 도전할 수 있도록 도와줘야 한다는 것.

아이들에게는 엄연히 선생님이 존재한다. 아이가 몰라서 물어볼 곳은 비전문가인 부모님이 아닌 전문가인 선생님이다. 아니, 선생님에게 배우려고 수업을 듣는 거잖아. 선생님에게 물어봐야지. 그런데 우리 아이가 못해 가면 기가 죽을까 봐 기를 쓰고 풀어 주는 엄마가 있고 잘 모르는 엉뚱한 걸로 엄마에게 잘못 배워 오는 아이도 있다. 그 아이들이 연습이 안 되는 건 당연하다. 숙제가 목적을 잃게 된다. 거기에다 엄마에게 잘못된 개념을 배우면 정개념과 오개념 사이에서 아이는 혼란스럽다. 결국 아이는 오개념에 익숙해지는 상황이 발생한다. 그러다 보면 아이는 이내 암기를 하는 어리석고도 즉각적인 해결 방법을 택하게 된다.

가장 위험한 건 엄마가 매우 잘 해결하는 경우다. 엄마가 풀어서 틀리거나 엄마에게 잘못 배워서 아이가 이상한 소리를 하면 금방 눈치챌 수 있다. 그런데 엄마가 잘 해결해 놓으면 선생님은 엄마의 존재는 생각지 못하고 아이가 이를 전부 이해하고 있다는 생각에 지나치게 된다. 엄마들이 아이들의 무덤을 파는 꼴이다. 분명 아이의 수학에는 그만큼의 구멍이 있는데 엄마의 위장술에 가려진 것뿐이다. 문제는 시간이 흐를수록 그 구멍은 점점 커져 간다. 선생님이 볼 수 없게 가려진 채. 수학은 연결성이 짙기에 스타킹의 올이 나가듯 연계된 개념에서 걷잡을 수 없는 속도로 구멍이 만들어진다. 나중에는 어디부터 만들어져 있는 구멍인지도 모호해지고.

30분을 폰에 침을 튀기며 말했다.

"어머님, 모르는 걸 알려 주는 사람이 선생님이라는 걸 인지시켜 주세요. 엄마도 모른다고 솔직하게 말씀하셔도 됩니다. 오히려 그 편이 아이에게 더 설득력 있을 거예요. 어머님은 수학 전문가가 아니시잖아요. 아이에게 전문가가 있음을, 그래서 학원을 보냄을 알려 주세요.

무엇보다 선생님들은 아이들이 질문을 할 때 비로소 '네가 제대로 공부하고 있구나.'라고 생각한다고 전해 주세요. 아이에게 답을 알려 주는 것보다 질문을 할 수 있도록 도와주는 건 어떨까요."

26장

의대에 갈 수 있을까요?

"저희 아이, 의대 보내려고 해요."

우리나라 입시에서 끝판왕이라 볼 수 있는 '의대'라는 단어를 너무나도 담백하게 말씀하시는 어머니의 모습에 순간 흠칫했다. 눈알을 굴리느라 대답할 타이밍을 놓쳐버리고 말았다.

의대 진학에 대한 상담은 내게 있어 가장 고민스러운 상담이다. 아이가 어리든 아니든 상관없이 어려운 상담이다. 어디까지 현실적인 이야기를 해야 하고 어디까지 목표로서 말해야 하는지 고민의 연속이다. 아이의 실력이 확실할 경우 고민스럽지 않다. 의대는 말 그대로 최상위권의 아이들 중에서도 꼭대기 층인 아이들이 대부분 진학한다.

어설픈 실력으로는 꿈도 꿀 수 없는 것이 현실이다. 하지만 아이가 어떻게 하냐에 따라 미래는 바뀐다. 그러니 현재의 아이 실력을 기준으로 섣불리 판단할 수도 없다. 이 아이가 입시까지 어떤 생활을 할 것이고 어느 정도 성장할지 미리 알 수 있다면 나는 조금은 안심이 되는 상담을 할 테지만 그게 가능하다면 나는 '신'이 아닐까.

의대 진학 의사를 밝히는 학부모님도 대부분 각오 끝에 온다. 다들 의대 진학이 힘들다는 걸 인지하고 있기에 보통은 그 단어를 입에 올리는 것조차도 민망해하거나 부담스러워한다. 의대에 대한 상담을 진행한다는 건 진지하게 고민하고 왔다는 뜻이다. 의대에 대한 고민을 했다는 것은 아이의 학업에 전폭적인 지지를 결심했다는 뜻이고 더 구체적으로는 이 아이라면 해볼 만하다고 판단했다는 의미다. 단지, 그 기준이 어머니 기준이라는 것이 문제의 핵심이다.

의대가 입시 끝판왕인 만큼 웬만해서는 힘들다는 걸 알지만 그 '정도'를 구체적으로 인지하고 있는 학부모님은 생각보다 드물다. 초등학교 5학년, 학원에 처음 들어올 때 신규 테스트에서 40점대를 받았던 아이가 어느덧 중학교 1학년임에도 2학년이 되기 전에 고등부 학습 진도를 계획할 정도로 수준이 높아졌다. 2년이 채 되지 않는 기간 동안 초등 기초반 수준에서 중등 상위반 수준이 되자 엄마들의 '그동안 안 해서 그렇지.'가 발동했다. 이 정도 올라오는 데 2년도 걸리지 않았는 데 아직 입시까지는 몇 년이나 더 남았으니까 승산이 있다는 계산이 나왔을 수도 있다.

여느 중학교 시험 기출문제를 주기적으로 풀었고 100점을 맞거나 한 개 정도 오답이 등장했다. 엄마의 기대치가 아이의 성적처럼 덩달아 부풀어 올랐다. 다만, 중학교 시험에서는 3년 내내 100점 받는 아이들도 있다. 거기다 어쩌다 한 개라도 의대에 갈 정도로 탄탄한 아이들은 '실수'라는 걸 하지 않지 않는다. 이렇게 말해도 부모님들은 그 기준치가 한참 모자라는 것을 인지하지 못할 때가 있다.

이러니 의대 상담을 할 때마다 긴장할 수밖에. 우리나라 입시 현실을 냉정하게 바라보자면, 서울 8학군에서 의대 자리를 쓸어간다. 애초에 클래스가 다른 교육 환경에서 클래스가 다른 교육을 받는다. 내가 말한 학습의 양과 질을 나는 초등학교 고학년부터 외쳐대는데, 그곳의 아이들은 날 때부터 잉글리시와 함께하며 지속적으로 뚜렷한 목표하에 만들어지고 있다. 주변 학교의 기출문제 수준으로만 봐도 월등히 차이가 난다. 그렇다면 지방에서 의대를 가는 아이들은 어떨까. 지방에 있는 고등학교에서는 한 학교에 의대가 1명만 나와도 난리, 난리도 그런 난리가 없다. 전교 1등 해도 못 간다고 할 정도니까. 그런데 고등학교도 아니고 중학교에서, 전교 1등도 아니고 지속적인 수학 성적 향상으로 의대에 보내겠다고 하는 상황에서 나는 어떤 대답을 해야 하는 걸까. 이러한 현실을 알려줘야 할 의무감이 든다. 그런데 이 이야기를 듣게 되면 10명이면 9명은 마치 동전에 앞면과 뒷면밖에 없는 것처럼 나의 의견을 이 아이가 의대를 못 간다고 치부하는 걸로 끝낸다. 내가 전할 수 있는 건 그저 현실적인 팩트밖에 없기 때문인데.

그래서 언젠가부터 '의대' 상담이 오면 강남 8학군의 기출문제를 풀게 한다. 그리고 그 결과에 대한 상담을 진행하고 부모에게 이곳과 그곳의 차이를, 현실을 인지시켜 드린다.

늘 그렇듯, 결정은 아이와 부모가 한다.

내 솔직한 심정으로는 우려스러운 것이 더 크다. 아이가 의대를 가고 싶다고 상담한 경우는 이제까지 초등학교 4학년이나 5학년 아이밖에 없었다. 한 번도 중학생의 아이가 혹은 고등학생의 아이가 스스로 의대에 가고 싶다고 말하는 것을 들어 본 적이 없다. 결국엔 엄마의 꿈을 상담하는 꼴이다. 역시나 이 녀석도 컴퓨터 관련 꿈을 가지고 있었고 의대는 생각도 하지 않고 있었다. 만약 아이가 의대에 뜻이 있다면, 무조건 갈 거라는 각오로 자신이 할 수 있는 걸 다해 보라고 말하고 싶다. 무엇을 어떻게 노력해도 부족할 테니까, 단 1퍼센트의 에너지도 남김없이 모든 걸 쏟아부으라고. 하늘이 감동할 정도의 노력 정도는 해봐야 하는 거 아니겠냐고. 하지만 엄마의 꿈 앞에 대부분 아이들은 그렇게 쏟아붓지 못한다. 의미 없는 사춘기만 당겨질 뿐이다.

이런 이야기를 당시의 어머니에게 모두 할 수는 없었다. 이미 '의대'라는 목표가 생긴 어머니 앞에 나의 목소리는 힘을 잃었다. 결국, 어머니에게 의대 진학 경험이 많은 선생님의 수업을 권해 드렸다.

내가 할 수 있는 것이라고는 경험이 부족한 내게서 조언을 구하는 것보다 그게 더 나은 방법이라고 말하는 것뿐이었다.

1년 뒤, 어머니에게서 다시 전화가 왔다. 그때 이후 아이가 변했으며 나와의 수업 종료 시점부터 개념이 전혀 안 잡혀 있으니 그 부분부터 다시 수업해 주길 요청하였다.

학원에서 가장 성실했던 아이가, 컴퓨터의 언어를 더 자세히 알기 위해서라도 수학을 잘하고 싶다고 했던 녀석이 1년 사이 수학을 놓은 채로 연락이 온 그날, 나는 마시지도 않는 소주를 한잔 마셨다.

27장

선생님이 이야기 좀 해주세요

"선생님, 저희 아이가 영어 단어를 안 외워요. 영어 단어 좀 외우라고 해주세요."

아이의 학업 상담을 진행하던 중 어머니가 애가 타는 목소리로 말했다. 왜 아이는 영어 단어를 외우지 않는 걸까. 이렇게 엄마 애간장이 다 녹고 있는데.

"미희야, 니 요즘 영어 단어 몇 개씩 외우노?"

"저요? 음 …. 한 30개?"

"하루 30개?"

"아뇨, 영어 숙제라서 영어 수업 한 번 다녀올 때 30개 정도?"

"야아… 니 곧 고딩이잖아. 그건 너무 심한데?"

"아니에요. 이것도 빡세요, 쌤."

"웃기고 있네, 빡세긴 뭘 빡세. 솔직히 말해, 단어 치는 날 직전에 겁니 외워가제?"

"맞아요. 그렇긴 해요."

"봐봐, 쌤이 영어 똥멍청이였단 말이야. 그런데 수능에서 1개 틀릴 수 있었던 내만의 비밀이 있거든. 알려주까?"

"에이, 뻥. 뭔데요? 쌤 원래 잘했을 것 같은데요."

"쌤은 할 줄 아는 게 없었어. 진짜 영어 똥멍청이었다니까. 그러니까 지금도 어디가서 말도 몬하지. 그래서 나는 할 수 있는 걸 미친 듯이 했지. 내가 할 수 있는 거라고는 단어를 딥따 외우는 거밖에 없었거든. 봐봐. 니 외국인이 니한테 와서 말을 해. 목포역. 버스. 어디? 얼마나? 이래도 다 알아듣잖아. 목포역 갈라면 버스 어디서 타고 얼마나 걸리냐고. 그거랑 똑같다이가. 내가 딴 건 몰라도 단어를 알면 적어도 때려 찍을 수는 있겠네 싶었지. 그래서 내가 한 게 하루 단어 300개 외우기였다."

"헐. 쌤 단어 300개씩 외웠어요?"

"처음부터 300개씩 외워지겠나? 당연히 처음부터 그래 한 건 아니지."

"저는 못해요. 30개도 겨우 외우는데."

"그니까 지금 얘기해 주잖아. 잘 들어봐봐. 니 한 번에 단어 몇 개 외울 수 있는데. 10개 외우는 거 빡셈?"

"아니요, 10개는 솔직히 금방 외우죠."

"니 아침 먹기 전에 10개 외우고, 점심시간에 점심밥 먹고 10개 외우고 자기 전에 딱 10개 외워 봐라. 시간 얼마나 걸리나."

"…"

"니 그렇게 해서 1주일 계속 외우제. 그담에 하나 늘리는 거 티도 안 나그든. 아침 먹기 전에 11개 외우고 점심밥 먹고 11개 외우고 자기 전에 11개 외워 봐라. 티나나."

"…"

"그렇게 해시 1주일 계속 외우제, 그리면 니가 좀 잘난 것 같거든. 그라면 욕심이 생겨. 아침 먹고 15개 외우고 점심 먹고 15개 외우고 자기 전에 15개 외워 봐라. 별로 시간 차이 안 난다. 근데 니 하루 45개 외우는 걸로 된다이가. 거기다 단어는 니가 외워도 다 까묵거든. 인간이면 그렇다. 인간이면 다 까먹게 돼 있거든. 뇌가 그렇게 생겼으니까. 그래서 단어장 하나 깨고 나면 새거 나갈 거 아니가. 그때 새거랑 끝낸 단어장 병행하는 거라. 보통 그걸 복습이라 하지. 재독. 그라면 시간도 단축, 내 머릿속에서 도망가는 애들도 잡고. 쌩 모르는 걸 300개가 아니고 이래 복습하는 단어까지 포함해가 300개! 할 수 있다니까. 진심. 쌤 뭐라 하대, 공부는 습관 아이가, 습관!"

"오 …"

얼마 뒤 어머니가 전화를 해왔다. 아이가 학원에서 숙제로 하는 단어장 말고 다른 단어장을 스스로 해보겠다며 샀다고. 수학 선생님에게 단어 이야기를 부탁하신 게 미안하셨는지 내내 감사와 죄송을 연거푸 말씀하셨다. 선생님 말씀은 그렇게 잘 듣는다고 하시며.

"아휴, 제가 말해서가 아니라 아이들이 원래, 선생님하고 엄마하고 달라요."

망설이다 한마디 더 붙였다.

"그리고 기왕이면, 아이들에게는 하라고 이야기하는 것보다 이런 방법도 있다는 걸 알려 주는 게 좋아요. 하고 말고는 스스로 결정하게 해보세요. 해라 해서 하는 건 어차피 그 한계가 있더라고요. 저도 하라 안 했어요. 내가 이래 해보니까 이렇더라. 근데 이 정도는 니도 할 만하지 않나? 살짝 희망만 던져 줬어요."

모든 공부는 내가 모르는 것을 알아 가는 과정이다. 그러니 시작하기도 전에 지레 겁을 먹는 경우가 빈번히 발생한다. 공부는 만만하게 시작해야 한다. 이 정도는 할 만한데, 하고 가소롭게 시작하면 알아 가는 즐거움을 깨닫는 귀한 순간이 반드시 온다.

영어 단어뿐만 아니라, 독해나 책읽기 등 다양한 부탁을 어머니들에게서 받았다. 이런 어머니의 부탁을 받을 때, 나는 감사함을 느낀다. 부모님도 아이도 나를 믿고 있다는 뜻이니까. 아직 나의 목소리가 아이에게 울림으로 닿고 있다는 뜻이니까.

28장

님아, 그 여행을 가지 마오

"선생님, 이번에 가족 여행을 가게 되었어요. 일주일 정도 수업에 참여하지 못할 듯합니다."

아침부터 울리는 전화가 불안하더니, 역시 예상했던 상황이 발생했다. 방학이 다가오면 언젠가부터 해외여행으로 인한 결석이 발생하기 시작했다. 해외여행을 가면 다른 문화와 사고방식을 접하며 아이들의 갇혀 있던 시야를 넓힐 수 있다고 보아 나는 긍정적으로 생각한다. 오히려 부러워하는 편이랄까.

"아, 좋겠어요. 부럽습니다. 언제 어디로 가시나요?"

"베트남이요. 1월 첫째 주요. 어쩌죠. 선생님이 신신당부하셨는데….

다녀와서 그만큼 많이 시켜 주세요."

"뭐, 어쩔 수 없죠. 이왕 이렇게 된 거 신나게 잘 다녀오세요."

내가 부러워하는 것과 상관없이 어머님이 내 눈치를 본다. 평소 내가 잔소리를 참 많이도 했나 보다. 아이들의 1년은 1학기와 여름방학, 2학기, 겨울 방학으로 이루어져 있다. 학기 중에는 아이들이 다 같이 학교에서 보내는 시간의 비중이 크다. 학교에서 보내는 시간만큼은 얼추 비슷하다. 당연히 각자 다른 집중력과 활용으로 차이는 있겠지만 방학에 견줄 바가 못 된다. 방학은 말 그대로 각자 보내기 나름이다. 그래서 나는 늘 방학을 혁명의 시기라고 강력하게 이야기한다. 무엇보다 겨울 방학은 여름방학보다 약 2배 정도 길어서 더욱 영향력이 있을 수밖에 없다. 내가 겨울 방학의 중요성을 입이 마르고 닳도록 세미나마다 강조해 왔으니, 어머니도 오랜만에 가는 겨울 방학 기간 중의 가족 여행에 생선 가시라도 걸린 듯 불편한 마음으로 전화를 하신 것이리라.

그런 어머니 마음을 알기에 쿨한 척 대답했지만, 막상 전화를 끊자, 생각이 많아졌다. 방학 때는 보통 새로운 개념이 진행되는 시기다. 나는 바쁜 학기 중보다 시간적 여유로움이 있을 때 새로운 개념을 파고드는 걸 선호한다. 거기다 혁명의 시기가 아닌가. 아이들의 묵혀 둔 단점을 보완할 절호의 기회고 나는 그걸 놓치지 않기 위해 아이들을 위한 특강을 이미 마련했다. 그 말은 겨울 방학 동안의 해외여행은 두 가지의 수업을 빠지게 되는 것이고 학습 결손은 두 배로 발생한다는 의미다.

달력을 들었다. 특강 시작을 내가 예정한 날짜보다 앞당겨서 시작하게 되면 여행을 가기 전, 일부 개념을 듣고 개념 훈련의 과제라도 내줄 수 있다. 그러면 아이의 부담을 덜 수 있을 듯하여 고민했다. 달력을 다시 내려놓았다. 달력을 아무리 열심히 봐도 아이가 여행 떠나기 전에 개념 수업을 들을 수가 없다. 학교마다 각기 다른 방학 시작에 특강 개시일을 변동하기란 불가능에 가까웠다. 아이의 여행 때문에 다른 아이가 피해를 볼 수는 없는 노릇이다. 여행을 갔다 와서 보강하는 방법 외엔 떠오르는 것이 없다.

수업 계획안을 보고 또 봐도 뾰족한 수가 떠오르지 않는다. 그래도 계속 수업 계획안을 몇 날 며칠을 쥐고 살핀다. 아이의 부담을 줄여야 하는데 방법이 없을까. 방학 때의 학습 부재는 한순간에 위태로워질 만큼 치명타다. 앞서 말한 것처럼 특강 등 수업이 두 배로 진행되기에 밀리는 양이 많아서이기도 하지만 더욱 치명적인 건 아이의 학습 흐름이 무너지는 것이다. 학습 습관에 비중을 많이 싣고 있는 나의 티칭 방식에서 학습 흐름이 끊기는 것은 엄청난 부작용을 몰고 온다. 학습 습관은 오랜 시간 동안 자기와의 끊임없는 싸움을 버티면서 만들어진다. 스스로 단단하게 지탱해 오던 아이들이 순식간에 만들어진 작은 틈 하나에 쉽게 나태로 얼룩진다. 지금까지의 규칙성을 버리고 일주일을 신나게 놀면 10명 중 9명은 나태의 쓰나미에 휩쓸려 떠내려간다. 그렇게 자기가 어디를 떠다니는지도 모르는 채 신나게 방방 떠 있다가 저도 모르게 해야 할 밀린 일을 발견했을 때 숨이 턱 막혀 오는 것이다. 특히 수학 과목은 빠졌던 개념이 제대로 채워지지 않아 그 이후 학습에도 지속해서 영향을 주게 된다. 이때 아이들이 '일단 하기는 하는데 하나도 모르겠어.'라는 생각을 한다. 이제 본래 자신이 가지고 있던 학습 속도나 정답률은 기대하기 어려워진다. 결국 아이들은 '막막함'의 늪에 빠진다. 해도 해도 해야 할 일이 줄어들지 않는 기분 속으로 빠져들어간다.

떨어져서 이론적으로 보면 별일이 아닌 것처럼 보인다. 대부분의 어머니들 반응이기도 하다. 1주일 밀렸으니까, 1주일 보강하면 되지 않을까. 1주일에 2번 수업이라면 보강 2번 하면 되는 거 아닌가. 그래, 특강까지 쳐서 4번이면 4번 보강하면 되지 않나. 하지만 보강만 있는 게 아닌 정규 수업도 해야 하는 것도 잊지 말아야지. 무엇보다 이 계산법에는 가장 중요한 사실이 빠졌다. 우리는 심리가 행동을 지배하는 '사람'이라는 사실이다. 직장인들도 황금연휴를 보낼 땐 행복하지만 그 시간은 순식간에 지나가고 이후 출근할 때 평소보다 더 어려운 법이다. 심지어 아이들은 쉬는 동안에도 과제가 쌓였다. 황금연휴를 보내고 무거운 몸을 이끌고 겨우 출근 했는데 자신의 책상에 평소 업무량의 두 배에 가까운 업무가 쌓여 있다면 어떤 기분일까. 심지어 내일도 그 다음 날도 지속해서 그 양이 쌓인다고 상상해 보면 아이들의 막막함이 낯설게 느껴지지 않는다. 상상만으로도 한숨이 나온다. 아이들도 사람이니까 시작하기도 전에 겁을 먹게 되는 '심리'에 더 방해를 받는다. 그러니 급격하게 아이들은 스스로 낙오자라고 느낀다.

이런 사태를 워낙 많이 봐 왔기에 강조하고 또 강조하지만 일어날 일이 안 일어나진 않는다. 2월 내내 어머니는 여행을 기점으로 아이에게 사춘기가 왔다고 상담 요청을 했다. 이럴 줄 알았으면 여행을 가지 않았을 거라는 후회와 함께. 학습에서 '타이밍'이 얼마나 중요한지 어머니는 몰랐고 그 작은 틈이 이렇게까지 큰 파장으로 돌아올 줄 상상조차 하지 못했다. 결국 버티고 버티던 아이는 반 아이들과의 격차로 인해 2월 마지막 날 이별하게 되었다.

가족과의 여행을 막을 권리가 내게는 없다. 하지만 이런 상황을 매년 겪어 온 나로서는 한 번이라도 더 이런 상황이 발생할 수 있음을 전하게 된다. 방학 때 떠나는 여행, 주말로 해결해보는 건 어떨까. 가끔 있는 황금연휴를 이용하는 것도 나쁘지 않다. 만약 어머니나 아이가 여행을 결정하기 전에 학습 진행에 있어 고민이 되어 내게 의견을 먼저 묻는다면 주저 없이 답할 것이다.

그 여행은 아껴 두오. 얼마든지 기회는 또 있을 테니.

29장

마음은 마음을 부른다

신규생 테스트를 진행하고서 상담을 진행하던 때다. 수업 진행이 어려울 것 같다는 나의 이야기에 격앙된 목소리가 전화기 너머로 들려온다.

"어떻게 안 될까요?"

간절한 사람의 목소리는 나를 흔든다. 교육의 본질이 오염되지 않도록, 나의 운영 방향성이 길을 잃지 않도록 나는 운영 원칙을 정했었다. 절대 깨지 않기 위해 만들어 놓은 원칙이다. 나는 내가 원칙을 꽤 철저하게 지킨다고 과대 평가하고 있는지 모르겠다. 애초에 나를 그렇게 파악해서 세운 원칙이니까. 그런데 간절한 부모의 목소리는 나를 무겁게 짓눌렀다. 아니, 간절한 부모보다 더 나를 무섭게 몰아세우는 건 간절한 학생의 목소리이다. 어머니는 아이가 언제부터 학원을 다니면 되냐고 오늘만 해도 세 번을 물었다며 연거푸 말씀하셨다. 이럴 때 나도 간절하게 생각한다. 몸이 딱 하나만 더 있으면 좋겠다고. 언젠가부터 내 수업의 수요가 높아졌다. 너무나도 감사한 일이지만 나도 '한계'라는 것이 존재한다. 나의 욕심에 의해 그 '한계'를 넘기게 된다면 건물이 무너지듯 모든 것이 무너질 것이라 생각한다. 이것이 원칙이 지켜져야 하는 절대적인 이유다. 단호하게 원칙을 운운하면서도 흔들리는 건 내가 욕심많은 사람이기 때문이겠지.

나는 '어른'으로서의 역할을 잘하고 싶었기에 나를 스쳐 지나가는 '아이들'에게 할 수 있는 조언은 최선을 다해서 해주고 싶었다. 그래서 모든 상담을 성심성의껏 하고 있다. 상담 시간이 1시간이 걸릴 때도, 2시간이 걸릴 때도 있었다. 1시간씩 3일 동안 상담을 진행한 경우도 있다. 보통 어머니들은 '교육'에 대해 단면적인 이해를 하고 있다. 그래서 내 학습 방식에 대한 설명을 하려면 부모들의 교육에 대한 이해가 먼저라는 생각에 말이 길어진다. 특히 첫째의 어머니들. 내 상담에서의 원칙은 하나다. 아이에게 최선의 교육이 될 수 있는 실질적인 조언을 해주는 것. 아이의 현주소와 약점을 보완해 나가야 할 방향성, 추천하는 방식 등. 학원의 운영방식이나 커리큘럼은 두 번째이다. 이러한 상담은 나와의 수업으로 연결이 될 수도 있지만 내가 수업을 거절하는 이유가 되는 경우도 적지 않다. 나의 교수법과 아이 성향이 맞지 않는 경우도 있고 지금까지 지도하신 선생님이 훌륭히 잘 지도하고 계시는데 그걸 엄마가 모르는 경우도 있으니까. 지금 내가 지도하는 반과 수준이 맞지 않는데 굳이 여기서 발목 잡혀 있을 필요가 없는 경우도 있고. 좀 전의 전화처럼 워낙 차이 나는 진도에 현실적으로 불가능한 경우도 발생한다. 뭐, 이유는 다양하다.

어쨌든 수업 거절을 당하는 입장에서는 유쾌하지 않을 것이다. 원망도 많이 들었다. 그래도 나의 상담에 진심이 전해지기는 하는 모양이다. 모두는 아니라도 상담 이후 내게 더욱 호감을 보이는 분들이 많다. 심지어 수업을 진행하지 못했음에도 추천하거나 소개해 주는 분들이 생기고 있으니까. 여전히 우리 학원은 어머니들의 소개로 대기 인원이 채워지고 있다.

누군가 내게 신규생 모집 비법을 묻는다면 내가 답할 말은 하나다.

"마음이 마음을 부르더라고요."

30장

엄마의 고질병은 팔랑귀다

“선생님, 제 주변 아이들은 지금 다 고등 선행을 하고 있던데, 지금 이대로 괜찮을까요?”

어머님의 걱정이 담긴 전화였다.

“이런 게 좋을까요? 저런 게 좋을까요?”라는 상담은 대부분 학부모가 어딘가에서 들은 정보가 있을 때이다. 특히 어디 모임을 다녀오면 더욱 그렇다.

교육은 긴 시간에 걸쳐 이루어지는 것이다. 해서 중간에 길을 잃는 경우가 많다. 형체도 없다 보니 엄마들을 더욱 초조하게 한다. 잔파도에도 휘청휘청 위태롭게 흔들린다. 엄마가 실질적인 결정권을 가지고 있는 만큼 엄마가 흔들릴 때마다 아이의 교육 탑도 함께 흔들려 굉장히 불안정한 형태로 쌓이게 된다. 아이들 교육에 관심이 많은 엄마는 탄탄하게 스스로 교육 주관을 만들어 간다. 그런 엄마들은 주변의 거센 바람에 잘 흔들리지 않는다. 엄마들의 팔랑귀는 잘 알지 못하기 때문에 오는 자연스러운 현상이다. 결국, 엄마도 공부해야 한다는 뜻이다.

엄마의 공부가 주관을 만들고 그 주관은 소신이 된다. 엄마가 단단해지면 아이에게 바람이 불어닥칠 때 든든하게 지탱해 줄 수 있다. 그래야 아이들은 긴 공부라는 바람을 버텨낼 수 있다. 역시 엄마라는 역할은 쉽지 않다. 그래서 엄마들을 위한 세미나를 시작했다.

엄마가 가장 많이 흔들리는 부분은 선행이다. 그래서인지, 〈선행, 그 비밀〉이라는 세미나를 진행했을 때 어머니들의 반응이 가장 폭발적이었다. 단순히 진도를 빨리 나가는 게 선행이 아닌데 부모들은 대부분 진도에 집착한다. 이 세미나 이후 내게 진도적 선행을 요청하거나 고민된다며 상담을 신청한 학부모는 단 한 명도 없었다. 또, 우리나라 교육 현실상 중상위권에서 선행은 어쩌면 필수일지도 모른다. 그런데 그 내막이나 흐름, 이유는 모르고 선행이 필수라는 말만 듣게 되면서 생기는 오해가 있다. 이 세미나에서는 시기별로 필요한 선행의 종류와 방식, 그리고 그 이유에 대해 명확히 설명한다.

입시에 대한 이해를 돕기 위해 〈입시 세미나〉도 진행했다.

매번 변하는 입시 제도에 나도 공부할 게 천지고 머리 아픈데 부모들은 오죽하겠나. 보통은 오래전 자신의 입시에 멈춰 있는 분들이 허다하다. 평가 기준부터 방식까지 완전히 다른 데도 말이다. 그러니 지금의 교육 방향성을 이해하지 못하는 것도 당연한 일이다.

입시 컨설팅 전문가는 아니지만 내가 공부한 입시 제도를 함께 공유하는 것만으로도 어머니들에게는 도움이 되었다. 신문 기사를 공유하기도 하고 제대로 정리해서 세미나를 진행하면 비전문가인 나의 세미나에도 학부모들은 감사해하셨다. 정보를 얻으면 내게도 공유해 주는 부모도 생겼다. 말 그대로 학부모들과 입시 스터디를 하는 기분이다. 그러다 보니 부모들과의 라포 형성에도 큰 영향을 미친 듯하다.

아이들에게 부모의 말과 행동은 그야말로 전부다. 그래서 부모와 아이들의 소통을 위한 〈안전 거리 두기〉 세미나도 진행한다. 너와 내가 같은 마음일지라도 다른 표현법을 쓴다면 어긋나는 것은 당연한 이치다.

엄마와 아이들의 가장 큰 마찰은 시간 관리 측면에서 발생한다. 지금껏 사회에서 생활해 온 어른들과 아이들은 우선순위 선별에서부터 차이가 날 수밖에 없다. 효율이 떨어지는 아이들의 방식을 바라보고 있노라면 엄마들은 고구마 백만 개를 먹은 듯한 답답함을 느낀다. 무엇보다 아이들은 엄마들의 조언을 받아들이지도 않기에 결국 전쟁이 발발하게 된다. 아이들 입장에서는 아직 경험치가 없고 알려 주는 사람도 없으니 억

울할 만도 하다. 자기가 할 수 있는 최선을 다해도 부모가 만족하지 못한다고 느낀다. 그래서 기획한 것이 〈시간 관리〉 세미나다. 이때, 학부모들에게 〈어른들의 시간 관리〉 세미나는 별도로 진행하며, 아이들과 함께 듣는 세미나에서는 아이들의 입장을 대변하는 이야기를 많이 한다. 아이들의 심리를 염두에 두고서 부모님이 주의해야 하는 사항과 부모의 태도로 인해 받는 영향 등을 위주로 이야기한다. 어른들의 경험치로 보기에 이해 안 되는 아이들의 행동이 아이들의 시점에서 설명해 주면 '그래서였구나' 같은 반응을 보인다.

부모와 자녀는 같은 시간을 보내지만 다른 시간을 산다. 부모의 시간에서 바라보는 관점과 자녀의 시간에서 바라보는 관점은 많은 것이 다르다. 그로 인해 생기는 오해는 가슴 깊숙한 곳에서부터 조금씩 물들어 자신도 모르게 스스로를 잠식한다. 그래서 늘 자녀는 부모의 시간에 도착했을 때 비로소 부모를 이해하고 그리워한다. 자녀의 시간을 지나쳐 왔던 부모조차도 자식의 시간 관점을 받아들이지 못하는 것처럼.

누군가 자식의 시간 관점을 부모에게 보여 준다면, 또 부모의 시간 관점을 자녀에게 보여 준다면 그들이 조금 더 서로를 이해할 수 있지 않을까. 누군가 부모와 자녀 사이의 통역을 맡아 준다면, 그들의 서로 다른 표현법을 인지시켜 준다면 그들의 오해를 조금이나마 줄여 줄 수 있지 않을까.

내가 부모의 시간에 한 발 들어서자 또 다른 선생님의 역할을 깨달았다. 이런 과정을 통해 엄마들이 아이들을 제대로 이해하고 소통할 수 있기를 바랄 뿐이다.

31장

토끼와 거북이

어린 시절 책에서 토끼와 거북이에 대한 이야기를 읽었다. 빠른 토끼와 느린 거북이의 달리기경주 이야기였다. 도대체 왜 빠른 토끼와 느린 거북이는 달리기 경주를 한 걸까. 형식적인 교훈은 아무리 빠르더라도 오만하면 성실한 거북이에게 질 수 있다는 것이다.

언젠가 세미나에서 물었다.

"토끼와 거북이가 경주한 이야기, 다들 알고 있나요? 느린 거북이가 빠른 토끼를 이기는 이야기죠. 이 이야기를 접했을 때 어떤 생각을 하셨나요? 만약 선택할 수 있다면 어머님은 아이가 거북이였으면 좋겠나요, 토끼였으면 좋겠나요? 그렇다면 내 아이는 거북이와 토끼 중 어느 쪽에 더 가깝나요?"

"저는 아이가 토끼처럼 빠르고 거북이처럼 성실했으면 좋겠어요. 안타깝게도 저희 아이는 거북이처럼 느리고 토끼처럼 게으르지만요."

"맞아요. 우리 모두 그게 가장 이상적이라고 생각할 거예요. 저 또한 그랬고요. 그런데 그래서 문제가 발생하는 것 같아요. 우리 아이를 제대로 바라보지 않고 나의 욕심을 내려놓지 못하는 경우가 생각보다 너무 많아요. 먼저, 우리 아이는 어떤 아이인지 제대로 바라보고 인정할 필요가 있습니다. 그리고 이상적인 걸 바라지 마세요. 아시죠? 우리의 이상형은 이 세상에 존재하지 않아요. 이상적인 아이도 마찬가지일 겁니다. 엄마는 우리 아이가 할 수 있는 것에 대한 관찰이 필요해요."

아이들은 타고난 성향이라는 게 존재한다. 타고나기를 행동이든 추진력이든 천천히 가는 아이가 있는 반면에 빠르게 가는 아이도 있다. 이는 아이 고유의 특징이며 개성 중 하나다. 거북이는 느리고 토끼는 빠르듯이.

과연 거북이와 토끼의 경주에서 거북이의 엄마가 뒤에서 잔소리한다고 거북이가 토끼만큼 빠르게 달릴 수 있었을까. 우사인 볼트가 비법을 전수한다고 하더라도 토끼만큼 빠르게 달릴 수 없을 것이다. 그런 거북이에게 경기 직전까지 빠르게 달리라고 조언하는 것은 한참 잘못된 조언이다. 내 아이가 거북이라면 아이의 속도를 인정하자. "넌 왜 매번 느리냐." "넌 왜 행동이 그렇게 굼뜨냐."가 아닌 "이게 너의 속도구나."라는 인정이 필요하다. 그래야 구체적이고도 실현 가능성 있는 전략을 짤 수 있을 테니까. 거북이 아이에게 토끼 속도로 짠 전략을 들이밀면 시작도 전에 아이는 지치고 좌절만 경험하게 될 것이다. 내 아이가 거북이라면 일찍부터 성실함을 가르쳐야 한다. '성실함'은 배움이 가능하고 습관화도 가능하다. 어릴수록 유리하다. 남들보다 시간이 더 걸린다면 그 시간을 만들어내는 능력을 갖추면 충분하다. 이는 경주에서 거북이가 토끼를 이겨버린 확실한 전략이기도 하다.

토끼같이 빠른 아이는 어떨까. 내 아이가 토끼에 가깝다고 생각하는 부모에게는 꼭 이 이야기를 하고 싶다. 토끼가 거북이와 경주하며 낮잠을 자게 된 가장 큰 이유가 무엇일까. 이미 이겼다고 생각한 자만심에 긴장감이 떨어져서일 것이다. 이 아이는 '겸손'을 반드시 가르쳐야 한다. 그러기 위해 세상이 넓다는 걸 인지시켜 줘야 한다. 토끼가 나보다 느린 거북이를 보며 자만하는 게 아니라 토끼를 지나쳐 가는 자동차를 보며 승부욕을 느꼈다면 결과는 어땠을까. 요즘은 대단한 능력자가 무궁무진한 세상이다. 아이가 뒤보다는 앞을 보고 갈 수 있도록 넓은 세상을 보여주고 설레는 긴장감을 심어 주는 게 필요하다. 빠른 속도를 가지고 있지만 그걸 제대로 쓸 줄 모르는 것처럼 안타까운 건 없다. 토끼는 게으른 게 아니라 거만함과 어리석음에 자신의 상대를 잘못 골랐다. 겸손한 토끼였다면 자신보다 느리면서도 끝까지 포기하지 않고 부지런히 움직이는 거북이를 보며 존경심이 생기지 않았을까. 그런 거북이의 노력을 보고 느끼는 바가 있어 최선을 다해 뛰지 않았을까. 거북이가 아닌 자기와의 싸움을 시작하지 않았을까. 토끼 같은 아이를 가진 부모들은 아이들에게 "너는 원래 잘하는 아이야."라는 이상한 인정이 아닌 "너라면 저기 있는 자동차도 이길 수 있을 것만 같아. 거북이의 성실함까지 터득한다면 말이야."라고 더 의미 있는 세상을 알려 주는 게 어떨까 싶다.

정말 공부를 열심히 해도 성적이 안 나오는 아이들도 분명 존재한다. 그리고 그들보다 공부를 덜 해도 성적은 훨씬 잘 나오는 아이들도 존재한다. 나는 기초반 어머니들에게 늘 말한다. 공부를 잘하는 아이들이 열심히 하는 것보다 공부를 못하는 아이들이 열심히 하는 게 훨씬 더 힘든 일이라고. 잘하는 아이들은 이미 어느 정도 안정권이라 공부에 재미를 느껴 본 경험이 있다. 상위권으로서의 짜릿한 어깨뽕도 경험해 봤을 테고. 안 풀리던 문제가 풀렸을 때의 희열도 당연히 알 것이다. 그런데 그런 경험이 없는 아이들이 열심히 한다는 건 진짜 오직 순수한 '노력'으로만 부딪히는 것이다. 모르는 문제를 겨우 풀었는데, 다음 문제 또한 모르는 문제다. 그런 공부를 하고 있는 것이니 상위권 아이들보다 심리적으로 위축되어 있을 수밖에 없다. 그래도 발을 내딛는다. 그리고 어머님들이 많이 놓치는 안타까운 사실은 상위권은 공부한 만큼 결과로 드러나서 늘 인정받는다. 하지만 기초반 친구들은 공부를 해도 티가 나지 않는다. 그러니 노력을 하고 하고 또 했는데 누구 하나 인정해 주지 않는다. 거북이가 질 것을 알면서도 끝까지 최선을 다해 경주에 임한 건 결과가 아닌 목표를 위한 자기와의 싸움이다. 기초반이지만 포기하지 않고 열심히 하는 친구라면 이런 거북이의 숭고한 싸움과 매한가지 아닐까. 이들의 노력은 존중해 줘야 한다. 아이들에게도 그런 이야기를 한다. 내가 누군가보다 점수가 높다면 적어도 그애보다는 공부를 더 열심히 하라고. 그 친구에 대한 배려가 아닌, 그 친구에 대한 존중이라 한다.

내 아이는 토끼도 거북이도 아니다. 내가 키우는 타인이다. 아이의 속도를 나에게 맞추려 하지 말고 아이를 똑바로 바라보고 분석해서 현실적인 전략을 찾아야 한다. 그리고 반드시 기억해야 한다. 내 아이는 내가 낳았다. 토끼에게서 거북이가 태어나지 않고 거북이에게서 토끼가 태어나지 않는다. 내 아이가 거북이라면 나도 그냥 조금 빠른 거북이일지도 모른다.

32장

너를 위한 공부를 해

"엥? 이거 진짜 몰라서 별표를 한 거 맞나?"

"… 네."

"그럼 다시 한번 풀어봐봐, 풀이 과정 보게."

역시 아이는 내 예상처럼 정확하게 풀어냈다. 많은 엄마들이 아이들에게 이런 이야기를 한다.

"지수야, 숙제 다 하면 핸드폰 풀어줄게."

"경수야, 숙제 다 하면 게임 허락해 줄게."

할 일을 다하면 보상을 주는 형태의 유도 방법은 엄마가 아이에게 무엇인가를 시킬 때 유용하다. 단, 엄마들이 놓치는 게 있다. '시킬 때' 유용한 방법이라는 것이다. 스스로가 의지를 갖고 하는 능동적인 행태가 아니기에 아이들은 다른 합리화를 한다. 가령 '숙제만 다 하면 폰을 해도 된다'라든가 '숙제만 다 하면 게임을 해도 된다.'라든가. 본인을 위한 '정당성'을 주장한다. 그래서 아이들이 점점 변한다. '다한다'에 집중되어 있는 아이들의 가장 큰 특징은 '과정이 어떻든 간에'라는 유혹에 쉽게 빠진다. 그래서 숙제의 정답률은 점점 떨어지며 문제를 읽기도 전에 군데군데 별표를 해놓고 자기가 생각하는 적정량의 문제만 푼다. 혹은 풀지도 않고 아무 숫자를 적어대기도 한다. 이런 아이들을 매년 만났다. 왜 그럴까. 근본적으로 바뀌어야 하는데, 어떻게 해야 아이들이 숙제를 대하는 태도가 바뀔까. 아니, 이런 공부를 대하는 태도가 과연 바뀔 수 있을까. 그 답을 찾는 데 꽤 오랜 시간이 걸렸다.

나는 우선 학부모와의 상담을 진행했다. 유혹의 빌미는 보통 부모로부터 만들어진다. 아이들을 다루기 편하기 때문이다. 결국 부모가 편한 방식이다. 물론 아이들의 성취감을 자극할 수 있는 방법이다. 하지만 그런 목적이라면 이러한 부작용도 알고 접근해야 한다. 부모에게 이런 이야기를 드리면 대부분은 생각지 못한 것이라 답했다.

'공부'는 과정이 중요하다. 모르는 것을 알아가는 것이 '공부'이기에 과정 그 자체가 공부의 의미다. 그런데 부모에게 가장 와닿는 것이 결과물이다 보니 쉽게 결과물에 의존하고 결과물을 가지고 대화하게 된다.

누구도 모르는 사이 아이들이 결과에 치중하며 길들여지는 경우가 허다하다. 아이의 학습을 담당하고 있는 선생님과의 상담을 적극적으로 권했다. 아이가 발전하고 있는 정도는 직접 지도하는 선생님이 가장 잘 파악하고 있다. 특히, 선생님들은 '과정'을 보는 '능력'이 있다. 이를 엄마들이 십분 활용하면 좋을 텐데. 아이들은 아직 경험이 적기에 생기는 미숙함이나 유혹이 있다. 좀 더 확장해서 생각해 보면 조절 능력으로 설명할 수 있다. 엄마들은 이러한 부분을 인지하고 있어야 한다. 인지해도 어렵기는 마찬가지지만. 아이를 엄마가 조절하기보다 아이가 스스로 조절하는 과정에 있음을 알려 주는 게 어떨까.

"어른이 되었을 때 스스로 조절할 수 있도록 지금 너는 그 조절하는 것을 배우는 단계야."

"성장 과정인 거지. 조절하는 능력이 뛰어날 때, 우리는 '성숙하다'는 표현을 쓰는 거야. 엄마는 네가 성숙한 어른이 되었으면 좋겠어."

나는 아이들에게 입버릇처럼 이야기한다.

"공부를 할 거면 엄마도, 선생님도 아닌 너 자신을 위한 공부를 해라."

이게 내가 고민 끝에 내린 답이었다. 성장하고자 하는 사람은 5년 뒤, 10년 뒤 자신의 모습을 자유롭게 상상해 보고 그때 어떤 모습이길 원하는지 생각해 볼 필요가 있다. 그래야 그를 위해 거쳐야 하는 과정을 스스로 계획할 수 있다.

'나'를 위해 어떤 게 필요한지 무엇을 해야 하는지 생각하는 시간이 지금의 아이들에게 부족한 건 아닐까. 엄마들을 위한 세미나에 이어서 아이들을 위한 세미나를 계획했다.

아이들의 미래를 위해.

아이들에게 미래를 그리는 방법을 알려 주기 위해.

아이들의 인생을 바꿀 지금의 시간을 가치 있게 쓸 수 있기 위해.

스스로가 결정하며 살아가는 의식 있는 삶의 태도를 가르치기 위해.

33장

내 머리카락을 줄게

“쌤, 망했어요.”

“왜. 지금까지 잘하고서 시험은 왜 망하노.”

“저는 진짜 시험만 치러 가면 정신이 없어요.”

“긴장을 많이 하니까 그렇지. 마음 좀 편하게 먹어라. 아니면 한번 미친 척하고 다 찍고 올래? 니가 결과에 집착할수록 더 그렇거든.”

“…”

다른 과목 시험을 치고 와서는 울상인 얼굴로 날 보고 있던 아이가 고개를 푹 숙인다. 내일이 바로 수학 시험인데 오늘 치른 시험 결과에 더욱 불안해졌나 보다. 욕심이 있는 아이일수록 공부를 열심히 한다. 좋은 결과를 받고 싶은 만큼 열심히 하다 보니 결과에 대한 아이의 기대치가 커진다. 그 기대가 커지다 못해 부담이나 압박으로 번질 때 옆에서 지켜보는 선생이나 부모는 참 안타깝다. 이게 바로 일명 '시험 증후군'이다. 시험을 칠 때 극도로 긴장하여 자신의 실력을 미처 다 발휘하지 못하는, 내가 이름 붙인 병이다.

시험 증후군을 처음 인지한 건 내가 초등학교 6학년쯤이던가. 결과에 대한 압박감을 느끼기 시작한 시점이 있었고 압박감을 느끼는 만큼 더 열심히 파고들었다. 미래의 결과를 바꿀 수 있을 거라며. 파고들면 들수록 불안감이 더 커지는 건 왜였을까. 헤어날 수 없는 덫에 걸린 듯했다.

"원래, 시험은 운도 작용해야 하는 거래."

원하지 않는 결과를 받았을 때 누군가 위로했다. 슬프게도 그 위로는 내게 좌절을 줬다. '운'은 노력으로 되는 게 아니니까. 흔히 말하는 '슬럼프'에 빠졌다. 해도 해도 되지 않는. 계속 내가 원하는 결과는 나오지 않았다. 그러다 역대급의 점수를 받게 되고 해탈하는 지경에 이르렀다.

'그래. 여기까지가 내 한계인가 보다.'

포기라 해야 할지 인정이라 해야 할지, 모호한 상태에서 친 시험 점수는 기대 그 이상이었다. 처음에는 나의 기대치를 낮추면 된다고 어리석은 생각을 했다가 생각을 바꿨다. '운'이 문제면 '운'이 필요 없게 만들면 되는 것. 노력과 운이 지분을 나눠야 한다면, 나는 노력으로 '운'에게 1퍼센트의 지분도 뺏기지 않겠다고 각오했다. 그때부터다. 이것저것 의미를 부여하기 시작한 게. 노력과 운의 실질적인 비중을 모른다고 가정하고 이 문제집을 끝내면 운의 1퍼센트를 내가 빼앗아 오는 걸로. 이 문제집의 오답 노트를 완벽하게 숙지하면 운의 1퍼센트를 한 번 더 빼앗아 오는 걸로. 그렇게 나는 '운'과 대결하기 시작했고 어느 정도 극복했다고 자부한다. 생각해 보면 결국 내가 나를 믿을 수 없어 믿을 수 있는 구실이 필요했던 게 아니었을까. 의미 부여는 나를 달래는 하나의 의식이었다.

나는 고개 숙인 아이의 뒤로 가서 부드럽게 어깨를 양손으로 잡고 힘차게 잡아당겼다.

"어깨피라. 쌤이 머리카락 뽑아 줄게. 이 머리카락 샤프에다 넣고 시험치라. 옛날부터 전해 내려오는 얘긴데 머리카락은 그 사람 분신이나 마찬가지라 하더라. 니 시험 내가 쳐 줄게. 내 머리카락만 믿어라. 다른 애들한테는 말하지 말고. 쌤 골룸된다."

이때는 알지 못했다. 나에게 탈모가 올 것이라는 걸. 이제는 한 올 한 올 소중한 내 보물이지만 여전히 아이들은 시험 기간이 되면 내게 손을 내민다. 그래도 나는 우리만의 부적을 내민다.

34장

내가 할 수 있는 거라면 뭐든

“어제 시간 세미나 듣고 일과표 짜 본 사람?”

“…”

“입시 세미나 듣고 대학교 홈페이지 들어가서 모집 요강 확인해 본 사람?”

“…”

나의 말에 아이들은 묵묵부답이다. 그렇게 수다스러운 아이들이 서로 흘깃거리며 눈치만 본다. 나와 눈을 마주치지 않고자 최대한 눈알을 굴리고 있다. 세미나를 듣고 나면 감명 깊었다는 둥, 충격을 받았다는 둥 호들갑을 떨지만 이를 실천으로 연결 짓는 아이는 거의 없다.

고민을 거듭한 결과 이는 나의 부족함이라 결론지었다. 실천의 환경을 제공해서 동기 부여에 제대로 불을 지폈어야 했다. 아이들은 모든 것이 미숙하다. 제대로 된 가이드로 아이들이 경험해 볼 수 있도록 만들었어야 했다. '해라.'가 아닌 '이렇게'가 부족했다.

학부모와 함께 듣는 〈선행, 그 비밀〉, 〈입시 세미나〉, 〈시간 세미나〉, 〈수행 평가 세미나〉 외에 아이들에게 삶에 대한 본질적인 열정의 불을 지피고자 단계적 세미나를 만들었다. 〈거울 대화〉 세미나는 메타인지의 개념을 가지고 온 세미나다. 이론적인 세미나라기보다 활동을 통해 자신을 파악할 수 있는 기회를 제공하고자 실행하고 있다. 다음 단계로는 〈미래 설계 수업〉 세미나를 진행한다. 내가 상상하는 미래의 모습은 어떤 것인지, 그것을 위해서 어떤 것이 필요한지 큰 골격을 만들 수 있도록 유도한다. 〈시간 세미나〉는 애초에 아이들의 효율적인 시간 관리를 위해 진행한 이론적인 세미나인데 효율적 시간 관리는 '실행'과 밀접한 관련성이 있다. 반응은 좋았지만, 실행으로 연결되는 경우는 지금까지 두세 명이 전부다. 그마저도 지속성은 오래가지 못했다. 실행하지 않으면 변화는 없다. 그래서 나는 Save Time And Do라는 이름으로 〈STAD〉 크루를 모집해서 실행시키기로 했다. 이 크루는 〈시간 세미나〉에서 내가 제안한 것을 함께 실행한다. 오늘은 어제보다 발전하는 것을 목표로 삼는다. 지속성을 가지고 진행해야 어느 순간 습관으로 만들 수 있다. 습관을 만든다는 것은 결코 쉬운 일이 아니니까.

세미나가 늘어날수록 준비해야 하는 것이 많아진다. 그만큼 내가 배우는 것도 많아진다. 애초에 나의 배움은 아이들에게 전하기 위한 사명감이다. 〈STAD〉라는 실행 프로그램을 만들자 더욱 할 일이 많아진 것은 사실이다. 아침 스터디가 포함되어 있기 때문에 부지런해져야 한다. 하지만 분명 내가 할 수 있는 일이다. 열정이 있더라도 내가 할 수 없는 일도 존재한다. 그러니 내가 할 수 있는 일이라면 오히려 감사한 마음으로 임하려 한다.

아이들이 '성장하며 살아가는 방법'을 배울 수 있다면 충분하다.

왜냐하면 아이들의 성장은 결국 나를 성장시키니까.

35장

목표 설정이 시작이다

“오늘은 프린트 맨 위 자신의 이름 옆에 오늘의 목표를 쓰고 풀어 봅시다. 지금까지 자기 정답률을 어느 정도 알 거라고 생각하기 때문에 오늘, 이 프린트에서 몇 개까지만 틀리겠다는 각오 정도로 생각하면 좋을 듯합니다.”

겨울 방학 특강이 막바지에 이르러서 특별히 아이들에게 주문했다. 아이들이 술렁이기 시작했다. 하지만 금세 아이들은 자신의 프린트에 집중해서 풀기 시작했다. 조심스럽게 돌아다니면서 아이들의 프린트 위를 확인해 보았다.

‘목표의 의미를 모르는 건가…’

이제까지 세 개나 네 개를 틀리던 아이는 목표가 다섯 개였고 한 개나 두 개 틀리던 아이는 목표가 세 개였다. 심지어 다 맞거나 어쩌다 한 개를 틀리던 친구들도 목표가 세 개였다. 아이들의 쭈뼛거리던 모습이 떠오른다. 이는 여러 가지를 의미한다. 속상한 이야기지만 아이들 대부분은 실패를 두려워한다. 그래서 애초부터 그 기준치를 낮추고 시작하는 것이다. 사실, 목표가 가지는 의미는 그런 것이 아닌데. 우리나라에서는 겸손을 미덕으로 꼽는다. 소위 말해 '잘난 체하는 것 같으면 재수 없을까 봐'의 의미로 자신을 정확하게 분석하지 못하는 경우도 허다하다. 결국 나는 아이들의 프린트를 잠시 중단시켰다.

"얘들아, 잠깐만. '목표'의 의미를 정확하게 모르는 것 같아서 '목표'를 먼저 설명해 줄게."

목표는 이미 내가 이루어 낸 것이 아닌, 내가 도달하고 싶은 그것을 뜻한다. 내가 50kg인데 다이어트 목표로 52kg을 설정한다면 어처구니가 없는 것처럼 아이들의 목표는 오류가 있음을 알려 주었다. 그리고 목표를 설정했지만 이루지 못했다면 문제점을 파악해서 다음 기회를 기약하면 된다. 이는 실패가 아닌 과정이다. 지레 겁먹고 나의 실력을, 수준을 낮출 필요가 없다. 나를 위한 제대로 된 목표를 설정하기 위해서는 나를 정확하게 파악할 필요가 있다. 과대 평가도 안 되고 과소 평가도 안 된다. 그래서 나는 겸손을 싫어한다. 겸손하지 말고 건방지지 말자.

아이들은 하나둘 목표를 재설정하기 시작했다. 나는 무엇보다 아이들이 실패에 대해 두려워하지 않길 바랐다. 수정된 목표를 바라보니 목표가 껑충 뛴 아이도 있지만 별 차이가 없는 아이도 있었다. 목표가 치솟은 아이는 말 그대로 겸손을 위한 목표였던 거겠지. 어느 정도 자신감은 있었다는 것. 별 차이가 없는 아이는 실패에 대한 두려움이 있는 아이다. 타고난 성향이 그런 친구들도 있지만 어른들의 자신도 모르게 나오는 무의식적 반응으로 실패를 두려워하게 되는 아이들도 많다. 특히, 엄마 아빠는 아이들의 '과정'을 지켜보기 어렵기 때문이다. 나는 지속해서 아이들에게 오답을 바라보는 관점을 고치려 노력한다. 오답은 나의 점수가 아닌 나의 과정, 그 일부다. 그리고 그에 대한 대처 방식을 바꿀 수 있게끔 노력한다.

"왜 모르는 문제를 별표 표시를 하는지 아나? 중요하다는 표시다."

"왜 틀린 문제를 체크 표시를 하는지 아나? 다시 한번 체크를 해야 한다는 표시지."

이날 아이들은 목표를 다시 설정하고서 프린트 문제를 풀었다. 무엇이 바뀌었을까.

첫 번째, 아이들의 정답률이 전체적으로 올랐다. 단 한 명의 아이도 빠짐없이.

두 번째, 문제를 푸는 속도가 느려졌다.

목표가 가지는 힘은 크다. 누구든 목표를 세우면 해내고 싶은 욕구가 있다. 물론, 너무 무리한 목표라면 지레 힘이 빠져버리겠지만. 아이들에게 목표 설정을 맡긴 이유는 스스로가 정한 목표를 이루었을 때 만족감이 더 크기 때문이다. 조금씩 그 목표치를 늘려 가는 것은 결국 아이들도 조금씩 성장하므로 스스로 자신감을 키워내는 멋진 방법이다. 문제 푸는 속도가 느려진 것에 대해 부정적으로 생각할 수 있겠지만 나는 입버릇처럼 이야기한다. 수학은 정답률을 먼저 잡는 것이고 속도는 자연스레 잡히는 것이라고.

목표를 세우고 풀게 한 이 프린트는 초5의 연산 프린트이다. 난이도가 낮기 때문에 아이들이 빨리 해치워 버린다. 그러기에 실수도 잦고 그 실수가 굳어지면 나쁜 연산 습관이 만들어진다. 속도를 늦추었다는 건 말 그대로 아이들이 정성스럽게 풀었다는 의미다. 아이들 스스로가 설정한 목표는 아이들로 하여금 뚜렷한 학습 성취의 여운을 남긴다. 작고 사소해 보이겠지만 늘 변화는 작고 사소한 것으로부터 시작된다.

나는 아이들에게 '실패'라는 단어를 쓰지 않는다. 말 그대로 '쓸 데' 없는 단어다. 나는 실패라는 단어보다는 '경험'이나 '과정'이라는 단어를 쓴다. 아이가 문제를 풀다가 틀렸다면 그 풀이법의 오류를 경험하는 귀한 순간을 경험하게 된다. 아는 문제에서 어처구니없는 실수를 했다면 그는 아이가 실수를 깨우치고 성장하는 과정이 될 수도 있다.

나의 경험과 과정의 질을 높이려면 목표 설정을 두려워해서는 안 된다. 나는 도전을 아이들에게 전염시키기로 한 수학 선생님이다. 그러니 아이들에게 용기를 가르쳐야 한다.

내가 추구하는 교육은 아이들이 의식 있는 삶을 지향할 수 있도록 이끌어 주는 교육이다. 그 방법으로 '도전'하는 일상을 택했다. 스스로 도전하는 사람에게 실패는 영광의 흔적일 뿐이다. 다시 말해 실패의 흔적이 많을수록 영광이 많은 것. 아이들이 두려워하지 않고 영광을 쌓아갔으면 좋겠다. 그 시작은 목표 설정이다.

36장

시험 대비가 없는 학원

"선생님, 그럼 여기는 시험 대비를 어떤 식으로 진행하나요?"

"저희 학원은 시험 대비를 따로 하지는 않아요. 시험 직전 주에 다른 지역의 기출문제로 모의 시험을 쳐보는 정도입니다."

학원가에서 시험 대비 기간은 그야말로 가장 큰 행사 기간이다. 사교육의 힘을 빌리는 이유가 아이들의 성적 향상이기 때문에 아이들의 시험은 학원의 생사가 걸린 문제라고 볼 수 있다. 가장 큰 행사이며 실적 보고회와도 같다. 그러니 시험 전 3주부터 4주 정도는 시험 대비 기간이라 칭하며 대부분 학원에서 아이들의 부족한 구멍 메우기에 혈안이 되어 있다. 물론, 나도 그랬다.

중간고사 37점짜리 아이가 신규생으로 들어온 일이 있었다. 그 친구와 처음부터 코드가 잘 맞아서인지 학습 효과가 생각보다 빠르게 드러나기 시작했다. 문제는 아이의 학교 시험지의 난이도가 낮아도 너무 낮았던 것이다. 난이도가 낮으면 좋은 걸까. 문제가 쉬우니 좋은 점수를 받기에는 좋았다. 그 친구는 다음 시험인 기말고사 점수가 97점이 나왔으니까. 많이 성장했지만 그래도 일반적인 시험 난이도라면 70점 이상 나올 수 없는 실력인데 말이다. 시험에 나올 만한 유형을 가지고 시험 대비를 했더니 그 유형에서 벗어나는 문제가 전혀 나오지 않았다. 학교 기출문제가 죄다 그런 난이도였다. 점점 아이의 성장이 멈추었다. 아이는 고난도 문제를 해야 할 필요성을 느끼지 못했고 반복되는 비슷한 유형의 시험 대비를 위해 자신도 모르게 유형을 외우고 있었다. 단순한 문제만 나오다 보니 외우는 게 더 빠르고 정답률이 좋았다. 그러자 암기식 학습 습관이 생기기 시작했다. 내가 가장 경계하는 일이다.

수학은 문제에서 제시하고 있는 조건을 활용하여 출제자가 원하는 결론을 도출해 내는 과목이다. 그 안에는 나의 판단력이 크게 좌우한다. 암기하는 학습을 하는 아이들은 이 판단하는 연습을 할 기회를 박탈당한다. 그래서 익숙한 문제에서 조금만 변형이 되거나 조건이 다르게 표현이 되어도 여지없이 틀리게 된다. 고등부 학습에 치명타라 감히 말한다. 입시는 어쨌거나 고등부 성적표로 평가받는다. 그런데 중등부 성적을 위해 이렇게 하는 것이 맞는지에 대해 회의감이 찾아왔다.

오랜 고민 끝에 두려움을 안고 시험 대비를 없애기로 했다. 시험 대비를 없애는 대신 아이들에게 '시험 기간'을 학습시키기로 했다. 시험 대비 기간에는 주말 시간 활용법을 익힐 수 있도록 진행하고 있다. 학교 시험 난이도가 낮기에 아이들이 학교 시험을 목표로 학습하게 둘 수 없었다. 우리는 우리의 페이스대로 학습하며 주말 시간을 활용하여 스스로 시험 대비를 할 수 있게 지금까지도 유도하고 있다. 시험 직전 주에는 수업 시간에 모의시험을 친다. 모의시험은 '시험을 치는 것'을 연습하는 것이다. 아이들의 학교 기출문제를 풀리는 것이 점수에는 더 도움이 될지 모르겠지만 나는 다른 지역의 기출문제로 시험지를 만든다. 아이들의 학교 시험 난이도가 아닌 다른 난이도로 객관적인 기준을 토대로 자신의 현주소를 평가하게 하고 싶었다.

아이들뿐만이 아니다. 부모도 아이들이 받아온 점수로 아이들의 현재 학습 수준을 가늠한다. 시험 난이도는 생각지 못하고 점수로만 판단하는 경우가 대부분이다. 그래서 다른 지역의 기출문제로 이루어진 모의시험을 치르고 반드시 그 피드백을 부모님과도 공유한다.

[어머님, 이번에 중간고사 모의시험은 대구의 ○○중학교 기출문제로 진행했습니다. 난이도는 '중상' 정도입니다. 정훈이 점수는 84점이 나왔습니다. 제 생각엔 잘 쳤습니다. 이전에 얘기했던 부등식의 활용에서의 식만들기는 진짜 많이 성장한 것 같아요. 그런데 아직도 연산할 때 마음이 급한 게 있어요. 그리고 조건이 두 개 이상이 얽혀 있으면 조건 정리가

잘 안 됩니다. 이는 문제를 읽으면서 수식화하고 도식화하는 연습이 부족하기 때문이고 중학교 1학년 1학기 활용에서 생겼던 구멍이 영향을 많이 미칩니다. 점차 더 성장할 거라 생각됩니다. 조건 정리 연습은 풀이 과정에서 더 명확하게 연습시켜 가도록 하겠습니다.]

아이의 시험지와 함께 피드백을 담아 카톡으로 어머니에게 전송한다. 대학 입시는 목포 아이들과 경쟁하는 게 아니다. 그러니 넓은 세상을 알고 있을수록 유리하지 않을까.

어머니는 이후 내게 이렇게 전했다.

"목포라서 점수가 높아도 불안한 게 있었는데, 선생님이 다른 지역 기출문제도 다뤄 주시고 하니 점수가 낮아도 오히려 덜 불안해요."

시험 대비 방식을 바꾸고서 내가 얻은 게 있다면, 시험 점수 실적에 대한 압박에서 완전히는 아니지만 조금은 해방된 것이다. 모의시험 결과를 받아본 어머니들은 시험 점수를 대략적으로 예상하게 되었다. 그리고 주말의 아이들 학습 모습을 지켜보게 되면서 결과를 이용한 대화 방식이 현저히 줄었다. 물론, 모두가 좋아하고 만족한 것은 아니다. 상위의 아이들일수록 반응이 좋았다. 기초반 친구들은 주말 학습에 대해 입이 삐죽 나오기도 했다. 하지만 이러한 학습이 반복되면서 아이들이 익숙해지는 순간이 왔다. 그러면서 만족스러운 결과물 또한 하나둘씩 늘어났다.

아이의 시험 결과가 좋을 때 감사를 전하는 부모들에게 나는 그렇게 말한다.

"아이가 열심히 한 거예요, 어머님. 아시다시피, 저는 한 게 없어요."

37장

좌절을 가르쳐 드립니다

개인적으로 1년 중 가장 중요하다고 침을 튀기며 강조하는 시기는 겨울 방학이다. 그렇게 중요하다는 이 시기를 멋있게 자기만의 기회로 만들어 내는 아이는 지금까지 다섯 손가락 안에 꼽을 수 있을 정도로 적다. 그래도 내가 스승인데, 어쩌나. 하나부터 열까지 가르치든가 아니면 유도라도 해야지. 그래서 겨울 방학에는 유독 특강이 많다. 그중에서도 고1 첫 개념 특강은 아주 중요하다. 중등 2학년이 될 때부터 아이들에게 겁을 잔뜩 준다. 내 커리큘럼에서는 보통 중학교 2학년 겨울 방학 때 이 특강이 진행되기 때문이다. 특강을 진행할 때는 거침이 없다. 멘털을 잘 붙잡고 있는 아이들의 멘털도 가차 없이 흔들어 버린다. 이제 현실을 배워야 할 시점이니까.

얘들아, 좌절도 배워야지. 세상이 뜻대로만 되지는 않으니까.

고등부터는 막막하고 버거움의 연속이다. 고등 첫 개념이면 이거부터 가르쳐야 되는 게 맞지 않나 싶다. 아이들에게 늘 고등부터는 버티는 싸움이라고 한다. 근데, 버티라고 말만 하는 건 의미가 없다. 연습이 되어 있지 않다면 아이들에게 버틸 지구력이 없으니까 버티지 못한다. 아이들은 안 버티는 게 아니라 못 버티는 것이다. 그러니까 버티는 법을 가르쳐야 한다. 방법은 생각보다 간단하다. 익숙해져야 한다. 적응된 아이들은 둔감해진다. 고등부의 생활 패턴에 익숙해져야 하고 그 학습량과 난이도에 적응해야 한다.

고등 특강을 할 때면 매년 겪는 일이 있다. 특강의 중반부를 지나면서 후반부를 달려갈 때 우는 아이가 발생한다. 좌절하는 아이의 눈물이 나는 기쁘다. 스스로가 노력하고 있다는 증거니까. 잘하고 싶은데 잘 안 된다는 답답함에 나오는 상황이다. 노력하지 않는 아이는 아쉬움도 없다. 잘되지 않아 겪는 시행착오는 누구나 있는 그저 성장 과정일 뿐이다. 그러니 그건 아이가 성장하고 있다는 증거이기도 하다.

아이들은 울먹거리며 모두 앞뒤가 맞지 않는 이야기를 한다.

"공부를 해야 한다는 걸 머리로는 알겠는데 실천이 되지 않아요. 그리고 해도 해도 끝이 없는 거 같아요."

그럴 때 나는 대수롭지 않게 이야기했다.

"맞나. 내가 해결해 줄게. 아직 습관이 안 되어서 그런 거지. 집에서는 집중이 안 된다는 거잖아. 놀고 싶고. 간단하네. 내일부터는 내랑 같이 출근하고 퇴근하자. 9시 30분까지 온나. 내가 환경이 되면 되잖아. 내 앞에서 니가 놀진 않겠지."

그런 친구들은 방학이 끝나면 훨씬 더 성숙해졌다.

좌절감을 느끼는 경험은 중요하다. 그리고 그를 해결하기 위한 노련함은 반드시 다음 필수 스텝으로 배워야 한다. 그렇지 않으면 좌절감에 사로잡혀 버릴지도 모른다. 마치 늪처럼. 오히려 잠깐의 편안함도 느껴지기 때문이다. 다 손 놓을 수 있는 기가 막힌 명분이니까. 물론, 마음도 지친다. 그래서 더 치명적이다. 마음이 힘든 건 옆에서 보는 사람의 마음도 힘들게 하는 법이니까. 회피는 아이들이 가장 단순하게 보이는 일차원적 반응인데 엄마들 마음을 휘젓고 무너지게 하기엔 충분하다. 아이의 나이가 어릴수록 더욱이.

'무슨 부귀영화를 누린다고 애를 그렇게 공부시키나.'
'이러는 게 맞나.'

오은영 박사님의 환청이 들리는 것만 같고. 결국 '마음의 안정이 제일이다'라는 연관성 없는 결론을 내린다. 이렇게 도망을 경험한 아이들은 회피를 해결 방법으로 습득하는 경우가 발생한다. 계속해서 편함을 찾는다. 흔들리는 순간이 올 때마다 회피를 해결책으로 떠올린다.

'오늘은 공부가 안 되는 날이야.'

'오늘은 피곤한 날이야.'

'오늘은 여행 전날이야.'

시시각각 회피할 명분은 찾아오고 아이들은 이를 놓치지 않는다.

얘들아, 현실감을 찾자. 노련해져야 해. 잠시 시간을 그냥 그대로 흘려보낸다면 넌 오늘을 제대로 완수할 수 없을 거야. 그럼, 내일 또 보강과 수업 시간을 멍하게 흘려보내게 될 거고. 시간이 흐를수록 켜켜이 쌓이는 건 내공이 아니라 구멍이 되겠지. 좌절을 쌓지는 말자. 속상함과 좌절감을 느꼈다면 노련하게 그걸 해결하는 방법을 찾아야지. 내가 가장 추천하는 건 노력이다. 노력은 누구나 할 수 있는 거고. 이건 내가 장담할 수 있는데, 절대 노력은 배신하지 않아. 지금부터 노력을 옆의 친구보다 아주 조금만 더 오래 해봐. 포인트는 '오래'. 넌 뭐든지 해낼 수 있게 될 거야. 지금 우리는 제대로 단단해지는 중이야.

그리고 끊임 없이 계속해서 노력하는 방법을 터득한다면 넌 이제 노련해진 거지.

38장

전 학년 전원 100점이어라

"카톡"

토요일 오전 9시. 아이들의 학습 시작을 알리는 카톡이 오기 시작했다.

"카톡"

하나둘 했던 공부를 인증하는 카톡이 도착했다.

나는 시험 기간이라고 정규 수업 시간의 수업 진도를 멈추고서 시험 대비를 진행하지 않는다. 교과서 변형이나 기출문제를 제공하는 정도라고 할까. 대신, 시간을 잘 쓸 수 있도록 유도하는 편이다. 아니, 협박하는 편인가. 평소 아이들에게 시간 관리에 대한 세미나를 진행해서 방법을 알려 주고 있다. 어느 정도의 강제성도 부여해서 경험을 만들어 주기로 했을 뿐. 주말의 오전 시간은 학원의 일정이 있지 않은 이상 아이들이 허

공에다 많이 날려 먹는 시간이다. 그래서 나는 시험 기간에는 토요일 오전 9시, 저녁 9시, 일요일 오전 9시, 저녁 9시 네 차례에 걸쳐서 나에게 학습 시작을 알리는 카톡을 보내고 이후 학습 인증 사진을 보내도록 규칙을 정했다. 그리고 이를 지속적으로 해오고 있다. 아이들도 주말 오전에 시행하는 이 방법에, 처음에는 움찔하는 듯하더니 이내 익숙해졌다. 시험 기간이 정해지면 이번에는 언제부터 하면 되냐고 물어보니까.

무엇보다 동기 부여가 된 아이들은 학습 행태가 바뀌었다. 연습장에 늘 풀이 과정을 쓰는 게 내 수업 방식이지만 그 질에 대해서는 자신의 마음 상태가 가장 영향이 크다. 당연히 동기 부여가 된 아이들의 첫 번째 변화는 이 풀이 과정이다. 풀이 과정의 질이 좋아지면 숙제 완성도가 높아진다. 자신의 학습 훈련이 제대로 진행되기 시작했다는 뜻이다. 이는 다음의 긍정적 반응으로 연결된다. 언젠가부터 술술 풀리는 기분을 느낀다. 문제가 아니라 일상이 술술 풀리는 기분이다. 이 단계까지 가면 아이들이 이미 가볍게 공부를 시작하고 있다. 학습에 대한 진정성이 가벼운 게 아닌, 학습에 대한 부담이나 압박이 가벼워졌다는 뜻이다. 제대로 즐기기 시작하는 단계다. 스스로가 변화를 느끼면 탄력을 받기 시작한다. 결국 미묘한 자신의 성장을 스스로 발견하는 순간이 오게 되고 이는 촉매 역할을 한다. 그때부터 아이에게는 부스터가 달린다.

"카톡"

시험이 끝난 아이들이 가채점을 하고 나면 결과를 내게 보내온다.

시험을 치른 아이들의 카톡을 전부 받고 나서 나는 다시 한번 나의 교육법에 확신이 생겼다. 작은 학원이라 인원수가 적다. 지방 소도시라 시험 난이도가 그렇게 높지는 않다. 이런 특징이 있긴 하지만. 그리고 점수가 중요하진 않지만. 그래도 아이들이 스스로 변할 기회를 만들어 주면 이런 것도 가능하다.

전 학년 전원 100점.

초벌이 끝난 도자기는 도자기의 내부를 보호하고, 더 단단하게 해줄 유약을 바르는 과정이 필요하다. 도자기의 단단함을 견고하게 만들기 위한 단계이다.

39장

감사함을 먹고 사는 선생님

"선생님, 저 이사해요."

"네? 어디로요? 왜요?"

"이쪽은 어머니들이 소개를 안 해 주거든요. 지난달에도 …"

오랜만에 부산에서 연락해 온 선생님과의 수다에서 충격을 받았다. 과외를 하고 있는 선생님 입장에서 최고의 홍보는 부모들의 소개다. 그런데 이번에 고등부 1등급이 수두룩한 데도 신규생이 전혀 생기지 않은 상황이라며 한소연했다. 어쩌다 상담하던 학부모에게 주변에 소개 좀 해주라는 선생님의 말에 웃으며 그러다 우리 아이 1등급 뺏기면 어떡하냐 되물었다고 한다. 듣는 내가 다 서운했다. 옆 동네에서 넘어오는 아이 엄마는 선생님이 이쪽으로 오시면 수업 들으려고 줄 선 애들이 있다면서 매번 이동을 권하셨다고 한다. 몇 번이나 상담을 진행했지만 거리 때문에 수업이 불발되는 경우도 있었다며. 오랜 시간 고민 끝에 결국 지역을 옮기기로 했다고 했다. 그 이후 지금 지역의 어머니들이 난리가 났다는 선생님의 말씀에 씁쓸했다.

사교육계에서는 학부모들이 선생님을 독차지하기 위해 소개를 잘 안 해 주는 상황이 발생한다. 이처럼 수요가 더 많은 쪽으로 선생님이 옮겨가는 경우도 생긴다. 그렇게 되면 뜻하지 않게 애정하던 선생님을 놓치게 되고, 그렇게 서로의 시그널이 맞지 않아 비극이 초래되기도 한다. 가만히 선생님의 힘든 이야기를 듣는데 이상하게도 나는 감사했다. 우리 학원은 대부분 아이들이 학부모의 소개로 등록했다. 특별한 마케팅이나 홍보도 없는데 학원에는 몇 안 되지만 대기생이 있을 정도로 운영되고 있다. 우리 학부모들이라고 소개하는 게 마냥 쉬웠을 리가 없다. 꼭 성적이 아니더라도 누군가를 소개한다는 건 내가 보증을 서는 것과 같은 의미니까. 행여 소개해 줬는데 좋은 결과가 없으면 서로 난처한 상황이 발생한다. 굳이 그런 위험을 감수할 필요는 없는 데도 우리 학원의 학부모는 늘 좋은 얘기를 주변에 해주고 소개도 적극적으로 해준다. 나를 믿어준다는 의미로밖에 느껴지지 않았다. 얼마나 감사한 지 모른다.

언젠가 남편과 함께 탕수육집에 갔다. 탕수육보다도 서비스로 나온 떡볶이가 더 기억에 남았던 특이한 곳이다. 그리고 그보다는 주인아저씨가 가장 기억에 남는다.

장사와 맞지 않을 것 같은 소극적인 성향의 주인아저씨는 용기를 쥐어짜낸 듯 약간은 어설프지만 친절한 목소리를 냈다. 떡볶이가 맛있다는 내 말에 얼마든지 리필해 줄 수 있다며 떡볶이가 보관된 밥통을 열어 보이셨다. 가게의 한쪽 벽면은 아저씨의 각오와 초심을 지키기 위한 글이 적혀 있었다. '…감사한 마음 잊지 않고 힘든 사람과 함께 나누겠습니다.'

일정 금액을 불우 이웃과 나누겠다는 그분의 각오와 뭔가 어설퍼 보이는 아지씨의 용기 낸 목소리가 왠지 존경스러웠다. 내가 아는 맛집을 공유하게 되면 내게도 불편함을 줄 거라는 이기심이 생긴 적이 있었다. 나만의 비밀 맛집 같은 개념이랄까. 그런데 그의 진심을 느끼니 그 사람이 잘되었으면 하는 응원하는 마음으로 가득 찼다. 지금까지도 떡볶이 얘기에 탕수육집을 추천하고 있는 것을 보면.

학부모님들이 내게 보내 주는 응원이 내가 탕수육 사장님에게 보내던 그것일까. 착각이라도 좋았다. 가슴이 괜스레 벅차오른다. 탕수육 사장님에게 질 수야 없지. 의미 모를 경쟁심이 불타올랐다. 앞으로도 초심을 잃지 말자. 학부모들이 자신 있게 소개할 수 있는 선생님이 되자.

"저는 정말 선생님이 잘됐으면 좋겠어요."

언젠가 내게 전한 어느 어머니의 말은 지금까지도 나를 따뜻하게 한다.

40장

백조 같은 멘토가 되다

"선생님, 저희 아이에게 선생님은 그냥 멘토에요. 걔가 그러더라고요."

어머니의 한마디에 심장이 쿵쾅댔다. 멘토라니. 내가 노력해 온 지난날을 저 두 글자로 모두 알아주는 듯했다. 과묵한 남자아이기 때문에 그 의미가 더 컸다는 건 아니다. 그냥 세상에서 가장 달콤한 열매를 먹은 기분이랄까. 인정이나 성취의 열매는 내게 말그대로 달디 달디단 열매다.

언젠가 아이가 친구와 자신을 비교하며 내게 이야기를 한 적이 있다.

"걘 원래 잘하는 애니까요. 저랑 달라요."

특히나 좀 하는 애들이 고등부 수학을 접하면 눈에 띄게 작아지면서 이런 반응을 보일 때가 있다. 급격한 난이도 변화와 많은 학습량에 엄두가 나지 않으니 자신의 능력을 의심하기 시작한다. 아직 고등학교 진학도 안 했으면서.

"걔가 원래 잘한다고 누가 그러디? 걔 어릴 때 니가 알아? 걔가 공부 어떻게 하는지 니가 봤어? 걱정하지 말고 해. 해보고 말해. 그리고 넌 내가 가르치잖아. 뭔 걱정이야."

우선 해보고 말하라는 나의 닦달에 아이는 꾸역꾸역 쫓아왔다. 이후 시험에서는 백점이라는 기쁜 소식을 톡으로 보내왔다. 선생님 말씀처럼 진짜 됐다며, 선생님 덕분이라 한다. 사실, 자기가 한 거면서.

내가 아이들에게 해줄 수 있는 건 그저 동기 부여의 기회를 만드는 것뿐이라 생각했다. 그 기회를 잡는 건 아이들의 영역이다. 세미나를 통해서 동기 부여를 만들기도 하고 심층적인 대화에서 그 기회를 만들기도 한다. 나의 이야기가 크건 작건 울림이 있었나 보다. 그야말로 감사한 일이다. 아이들과 어머니들은 내게 감사를 표하지만, 오히려 눈물 날 만큼 내가 감사하다. 나의 노력을, 나의 열정을 알아봐 준 사람들이니까. 내가 걷고 있는 이 길이 잘못되지 않았음을 알려 주는 유일한 표지판이다. 이런 힘으로 나는 오늘도 고민하고 한 걸음 내딛는다. 나는 아이들 앞에서도 부모님 앞에서도 그렇게 허세를 부린다.

"내만 믿어라. 할 수 있으니까."

“이대로만 해봐. 내가 무슨 일이 있어도 만들어 줄게.”

나의 부풀어진 허세 앞에 아이들은 오히려 안정감을 느끼고 도전을 취한다. 그러면 나는 더욱 피나게 노력할 수밖에 없다. 아무도 모르는 작은 내 모습을 누구보다 내가 제일 잘 알고 있으니까. 허세가 허세로 끝나지 않게 하려면 작은 모습을 들키기 전에 나를 키워서 완전 범죄로 만드는 수밖에. 부모들도 크게 다르지 않다. 흔들리는 갈대 같은 마음을 단단하게 잡아줄 뿌리가 필요하다. 방향을 잡는 데 어려움을 느끼는 부모가 대부분이다. 모든 인생사가 그렇듯, 흑과 백만 있는 건 아니니까. 그렇게 앞장서서 잡아 주면 안정감을 느끼니 조금 더 인내가 가능해진다. 그러니 내가 하는 건 없다. 부풀려진 허세는 말 그대로 허상과도 같은 거니까. 그들이 서로를 믿고 지켜보니 안정적인 환경을 기반으로 아이가 도전을 나서게 된 것뿐.

수면 밑에서 죽어라 발차기하는 백조처럼 밑에서 죽어라 노력하면서도 아이들과 부모님에게 태연하게 허세를 부린다. 그 허세로 많은 아이의 멘토가 되었다. 또, 많은 부모님의 멘토가 될 수 있었다.

41장

선생님의 계절

설레는 5월을 앞둔 4월이다. 5월은 가정과 관련된 행사가 많아 가정의 달이라고도 불린다. 어린이들은 어린이날을 앞두고서 설레고 청소년들은 적당한 선선함과 화창함에 마음이 밖에서 뛰논다. 부모들도 크게 다르지 않다. 5월을 준비하며 4월부터 달력에는 일정이 빼곡하게 채워져 있다. '봄'이란 두근거리는 설렘을 부르는 계절이다.

"주말에 캠핑 갈까?"

집을 좋아하는 은둔형인 나와는 달리 남편은 집에 있는 걸 견디지 못하는 타입이다. 계절의 변화를 느낀 그는 주말 나들이를 제안했다. 역시나 그의 목소리에도 설렘이 배어 있다. 잠시 달력으로 시선을 옮긴다.

'4월 말, 5월 초.'

누군가에게는 5월의 설렘을 끌어올리는 4월이라면, 학원 선생님에게는 '4월 말 5월 초 전쟁'을 대비해야 하는 긴장이 흐르는 기간이다. 두근거림은 같으나, 느낌은 다르다. 아이들의 진도 상황은 물론, 그동안 진행해 온 훈련이 제대로 되어 있는지, 아이들의 생존 능력을 꼼꼼하게 다시 확인하고 재정비해야 한다. 이 전쟁은 새로운 학년에 접어들어 처음 이루어지는 '중간고사'다. 특히, 12월이나 1월에 들어온 신규생은 나와 처음 호흡을 맞춘다. 아이들의 학원 이동이 가장 많은 시기는 12월부터 3월까지다. 새해, 신학기로 새 출발을 각오한다. 무엇보다 중간고사 대비를 염두하고 미리 학원을 결정하는 것. 선생님에게 시험의 결과는 마치 상사에게 성과를 확인받는 것과 같다. 그러니 날씨와 계절의 코끝을 간지럽히는 향긋한 두근거림보다는 생존을 위한 긴박감의 두근거림이 더 크다.

"나, 4월 말이랑 5월 초에 애들 중간고사야."

"주말에 수업하는 거 아니지?"

"주말에는 여보가 수업을 못 하게 하잖아."

"그러니까 가자. 어차피 주말에 가는 건데."

머뭇거렸다. 생존 레이더망이 켜진 사람인데 주말 나들이가 설렘으로 다가올 리가 없었다. 내 마음이 조금이라도 덜 불안하게 기출문제 분석을 하거나 아이들에게 추가할 프린트를 더 만들며 주말을 보내고 싶었다.

솔직한 심정으로 내 마음에 안정감이 생길 때까지 아이들의 보강을 잡고 싶었다. 학원을 개원할 때, 반대하던 남편이 내세웠던 주말 수업을 하지 않는 조건에 대해 합의하지 말았어야 했다. 이제야 후회해 봐야 소용없지만.

이미 남편은 폰을 위로 아래로 쓸어내리며 여행지를 찾고 있다. 그 모습을 한참 보아하니 피식 웃음이 새어 나왔다. 저렇게 신날까. 좀 전까지 투덜거렸던 속마음이 허무할 정도로 쉽게 남편에게 동화되었다. 노는 거 싫어하는 사람이 어딨나, 그래. 아이들도 좋아할 모습이 눈앞에 선했다.

"알겠어, 대신 나 금요일 보강이 계속 늦게 끝날 것 같은데 그건 이해해 줘. 내가 하는 일이 내가 잘 한다고 되는 게 아니라 아이들이 잘하게 될 때까지 하는 게 맞는 거니까."

학원에서 아이들에게 늘 주변에 휘둘리지 말라 잔소리를 하는데, 이거 내 체면이 말이 아니다. 나도 이런데, 성장하는 아이들은 오죽할까. 굴러가는 자동차 바퀴만 봐도 즐거운 나이가 10대라 했다. 얼마나 놀고 싶을까. '공부'라는 자기와의 싸움을 몇 년씩이나 하는 아이들인데.

아이들의 중심을 묵직히 잡아 주는 것도 선생님의 역할이다. 이렇게 매번 흔들리지만. 매년 그래왔듯 다시 한번 봄의 유혹에 넘어가지 않아야지 각오해 본다.

여느 사람들의 계절과 선생님들의 계절은 조금 다르다. 내가 참여하고 있는 전국 스터디 모임에서 어떤 선생님 한 분이 했던 말이 떠오른다.

"어느새 봄. 중간고사 준비 시작 하나 봄. 계절을 시험 대비로 구분하는 우리."

선생님들은 다 똑같나 봄.

42장

선생님이 되겠다는 아이

뿌듯하게 하루를 시작하는 날이 있다. 나의 자존감에 양분을 주는 그런 날. 하나는 생일, 또 다른 하나는 스승의 날이다. 이유는 모르겠지만 아침부터 몸이 가볍다. 눈도 절로 떠지고. 나도 모르게 콧노래를 흥얼거리고 있다. '선물 금지' 원칙을 만든 이후로 선물이 들어올 일은 없다. 그런데도 그런 상황이 발생한다면 어떻게 거절할까 아침부터 고민한다. 평소에는 학부모의 카톡이 울릴 때면 행여나 마음 아픈 이야기를 들을까 마음 졸이며 곁눈질로 폰을 보게 된다. 하지만 오늘은 다르다. 카톡이 울리면 마음을 졸이기는커녕 다시 한번 콧노래가 새어 나온다. 특별할 건 없는 금요일인 데도 말이다.

홀로 기분 좋은 오전을 보내고 오후가 되면 다시 일상으로 복귀한다.

아이들이 하나둘씩 문을 열고 들어온다. 어린이날이나 크리스마스에는 견줄 수 없겠지만 아이들은 웬만한 이벤트 데이를 다 좋아한다. 자신들이 주인공이 아니어도 기꺼이 상대방을 축하해 주고 기뻐해 준다. 역시나 아이들의 표정이 하나같이 밝다. 왜 너희들이 그렇게 신나 있는 거니. 선생님을 위해 작은 편지나 과자 등을 준비한 친구들은 들어올 때 발걸음의 소리부터 다르다.

"자, 이제 얼른 앉아라 오늘따라 와 이리 신나 있노."

"오늘 스승의 날이잖아요."

아이들이 다 같이 입을 모아 합창을 한다. 또 그게 자기네들도 웃겼던 건지, 연신 까르륵 웃어댄다. 아이들의 맑은 웃음은 세상에서 가장 큰 힐링인 듯하다. 어느새 내게도 웃음이 번졌다.

"됐다, 빨리 책 피라."

투박한 내 말에 익숙하다는 듯 아이들은 책을 폈다. 웃음은 멈추지 않고. 결국 웃다가 수업이 끝나버렸다. 그만큼 즐거운 수업이었다고 생각하기로 했다.

"쌤."

학원에서 가장 조그마한 아이가 내게 다가오며 나지막이 말했다.

"왜, 니 안 가나? 고생했다. 주말 잘 보내라."

"이거요."

"으아, 이게 뭐고."

"하, 왜요. 이거 그냥 초콜릿이에요. 아, 그냥 쌤 줄라고요. 이거 제 용돈으로 산 거예요."

"니 무라. 쌤한테 돈 쓰지 말고. 쌤도 안 사 준다이가."

"아, 쌤. 쫌."

가끔 아이들이 자기들 용돈으로 비타500이나 커피, 소소한 군것질거리를 사 올 때가 있다. 아이들 나름의 마음 표현이겠지만 나는 그걸 받는 게 그렇게 어렵더라. 아이의 역정에 결국 고장 난 표정으로 손을 내밀었다. 손이, 얼굴이, 그냥 다 민망했다.

'느그 나이에는 용돈을 받고, 받고 또 받아도 부족할 만큼 쓸 데가 많을 낀데.'

아이가 내민 초콜릿이 손에 닿자, 마음이 내게 옮겨 오는 느낌이 들었다. 내 마음에도 어느새 감사함이 퍼지고 있었다. 이 아이가 나와 인연이 됐음에, 이 아이의 작고 소중한 마음에.

투덕거리며 아이를 보내고 상자를 열었다. 상자를 열자 눈에 가장 먼저 들어온 것은 손바닥 크기의 카드였다. 카드에 적힌 글을 제대로 읽기도 전에 한 문장에 시선이 꽂혔다. 몽글몽글한 감정이 퐁퐁 거품처럼 계속 부풀어 올랐다. 황급히 상자를 덮고 다음 수업을 하러 발을 재촉했다. 그날 저녁 집에 돌아와 상자를 다시 열어 카드를 몇 번이나 꼼꼼히 읽을 때까지, 아니 꽤 오랜 시간 그 문장은 나를 따라다녔다.

'선생님, 저도 선생님 같은 수학 선생님이 될 거예요.'

43장

꽃다발

[아이 외할아버지가 돌아가셨어요. 그래서 며칠은 학원을 못 갈 것 같아요.]

아침부터 슬픈 소식을 접했다. 꽤 오랜 시간을 함께하고 있는 어머니. 새벽에 아버지가 돌아가셔서 정신없으셨을 텐데도 연락을 주셨다. 어떤 말을 해야 할까. 나의 서투른 한마디가 위로가 될 수 있기는 할까. 고민을 거듭하던 끝에 기계적인 답장을 할 수밖에 없었다.

[고인의 명복을 빕니다.]

아직 장례의 경험이 많지 않아 서투르다. 그게 경험이 많지 않아서인지, 익숙해질 수 없는 일이기 때문인지는 잘 모르겠다. 누군가의 죽음은 남은 이들에게 공허함을 남기지 않을까. 가족의 죽음은 할머니와 할아버지의 죽음을 경험해 본 게 고작이다. 내 인생에 지대한 영향을 끼친 할머니의 죽음은 복잡 미묘한 감정들을 낳았고 또 해소했다. 하지만 부모의 죽음은 조부모의 죽음과 그 차원이 다르겠지. 선불리 위로의 말을 건넬 수 없었다. 그녀가 느끼고 있을 감정의 깊이를 나로서는 조금도 알 길이 없었기 때문에 침묵과 동시에 형식적인 예의만 전했다. 그리고 그녀를 걱정했다.

침묵은 내 스타일이 아닌 건지. 계속 어머니가 머릿속에서 떠나질 않았다. 일주일이라는 시간을 가시에 걸려 캑캑거리듯 보냈다. 위로를 전할 수 있을 만큼 나는 깊은 사람이 아니었다. 잠시라도 미소 지을 수 있는 순간을 선물하고 싶었다. 고민 끝에 나는 어머니에게 꽃다발을 선물하기로 했다.

형평성을 위해 모든 어머니들에게 드릴 꽃다발을 준비했다. 샛노란 프리지어는 '자기 사랑'과 '당신의 앞날'이라는 꽃말을 담고 있다. 사실, 나는 꽃다발을 좋아하지 않는다. 그래서 좋아하지 않으실까 봐 걱정됐지만 꽃다발이 제 역할을 톡톡히 해주길 빌었다. 어머니들에게 학원 방문을 요청했다. 흔쾌히 어머니들이 바로 달려와 주었고 나는 이쁜 상태의 꽃다발을 무사히 전할 수 있었다. 시작은 한 어머니를 응원하기 위함이었지만 꽃다발을 받을 때 어머니들 한 명 한 명의 얼굴을 잊을 수 없다.

하나같이 샛노란 프리지어만큼 화사하고 예뻤다.

위로를 전하고 싶었던 어머니는 내 마음을 다 들여다본 듯 따뜻한 문자를 남기셨다. 또 다른 어머니들도 연신 감사와 들뜬 마음을 보내 주셨다. 얼마 후, 안내 사항이 있어 카톡을 켠 순간, 나는 다시 한번 미소 지었다. 어머니들의 프로필 사진은 하나같이 노란 프리지어로 바뀌어 있었다. 뭔가 뿌듯하고 자랑스러웠다. 꽃디발, 네가 해냈구나.

꽃다발 덕분에 나는 학부모와도 감정 소통이 가능하다는 걸 깨달았다. 왜 몰랐을까. 나도, 학부모도 같은 여자고 같은 엄마인 것을.

44장

정답이 없어서 문제다

나만의 교육을 추구하겠다며 학원을 시작한 지 얼마나 흘렀을까. 어느새 교실에는 아이들이 꽤 많이 앉아 있었다. 나를 따라주는 아이들과 나의 교육을 지지해 주는 학부모. 순탄한 학원 운영에 내가 방심하고 있었던 건 아닐까.

"선생님, 저희가 곧 사천으로 이사할 예정이에요. 그래서 오늘로 수업을 종료하려 합니다. 갑작스럽게 내린 결정이라 이리 급하게 말씀드리네요."

이제 중학생이 되는 아이가 조금 더 넓은 곳에서 배웠으면 하는 마음에 친정으로 간다는 어머님의 설명이다.

갑작스러운 마지막 수업에 당황스럽기도 하고 아쉽기도 했다. 그래도 아이를 위한 선택이니 기쁜 마음으로 응원했다. 아이의 퇴원은 선생님들이 예민해지는 순간이다. 수입이 감소하는 문제도 있겠지만, 그보다 고객의 필요를 채워 주지 못한 건 아닐까 하는 불안함이 더 크다. 그런데 이렇게 피치 못할 사정이 있으면 스스로 위로하기 편하다. 어쩔 수 없는 거잖아. 어쩌면 이런 선생님들의 심리를 엄마들도 알고 있으니 퇴원 얘기는 어렵고 조심스러운 게 아닐까.

어느덧 계절이 바뀌었다. 오늘은 지도하는 아이들의 학교가 개교기념일이라서 보강을 잡을 수 있었다. 이럴 때는 뭔가, 아이들과 나만의 비밀 약속을 만든 것 같아 설레고 기쁘다. 차를 타고 신호를 기다리고 있으면서도 창밖을 두리번거리며 살피게 된다. 순간, 낯익은 얼굴이 눈에 들어왔다. 어떻게 된 거지. 사천으로 간다던 아이가 횡단보도에 서 있었다. 놀러온 건가 싶어서 창문을 내려 아이를 불렀다.

"민규야, 민규야. 잘 지냈나."

"아, 선생님. 안녕하세요. 저는 잘 지내요. 잘 지내셨어요?"

"쌤도 잘 지냈지. 이사는 잘 했고? 놀러온 거가?"

"네? 저 이사 안 했는데요."

"어, 니 이사한 거 아니가?"

"네, 저 이사 안 했는데요."

"아, 그래. 쌤 갈게. 또 보자, 그럼."

때마침 바뀐 신호에 황급히 인사를 하고 차를 출발시켰다. 이사를 하려다 못 가게 된 걸까 싶었지만 그러기엔 아이 반응이 너무 묘했다. '이사'라는 단어를 너무 생소하게 받아들이는 듯했다. 기분 탓인가 싶었지만 확인하고 싶었다. 보강 온 같은 학교 아이들에게 민규의 소식을 물어봤다. 그리고 알게 된 진실은 더 많은 물음표를 낳았다. 민규는 애초에 이사 얘길 한 적도 없다고. 아무도 민규의 '이사' 이야기를 모르고 있었다. 민규조차 몰랐던 건 아닐까. 그렇다면 왜 어머님은 내게 그렇게 말하고 수업을 종료했을까. 퇴원 이야기가 어려우셨을까. 그럴 수 있지. 그럼 왜 그만둔 걸까. 이미 수업 종료가 된 상태에서 아이가 내 품을 떠난 이유는 알 길이 없었다. 아이가 떠난 사실보다 이유를 알 수 없다는 게 더 불안할 줄 미처 몰랐다.

언젠가 백종원이 '골목식당'이라는 프로그램에서 사장님에게 조언했던 말이 떠올랐다. 손님은 맛이 없으면 맛이 없다고 이야기해 주지 않고 그냥 다음부터 방문하지 않는다. 그러니 손님이 건의를 할 때, 타당할 경우 오히려 감사해야 한다는 것이다. 그는 건의가 아닌 조언이라 했다. 이 일을 겪고 퇴원에 조금은 더 예민해졌다. 지금 말하고 있는 이유가 아닐 수도 있으니까. 아이들이 최선의 교육을 찾아가는 것은 막을 수 없다. 내가 그 최선이 되기 위해 노력할 수밖에. 그러려면 문제점을 알아야 한다. 마찬가지로 문제점을 이야기하고 떠날 아이나 학부모는 흔치 않다. 고민 끝에 내가 '상처를 받더라도'라는 큰 결심과 함께 가끔 강의 평가서를 익명으로 설문 조사 하기로 했다.

내심 아이들은 내 수업을 어떻게 생각할까 궁금하기도 하고, 나의 상처를 배려할까 하는 조바심에 이 설문 조사를 통해 내가 성장하려 함을 단단히 일러두었다.

때때로 내가 지금 잘하고 있는 건가 의문이 들 때가 있다. 아무리 스스로에게 물어봐도 모르겠을 때, 강의 평가서를 꺼낸다. 강의 평가서는 내가 길을 잃었을 때 하나의 표지판이 되었다. 예상치 못한 화장실 사용에서의 불편함을 호소하는 경우도 있었고, 숙제를 줄여 달라는 희망 사항도 있었다. 상처받을 각오까지 하며 단점을 찾아내 나를 성장시키기 위한 목적이었지만 아이러니하게도 아이들의 '선생님, 지금처럼이면 충분합니다.', '쭉 계속 저희를 가르쳐주세요.' 라든가 '선생님의 열정에 저도 꼭 보답하겠습니다.' 같은 글을 보게 되면 마음을 더 단단하게 먹게 된다. 아이들과 같이 성장하고 단단해지는 나를 느낀다. 나의 그릇에 유약을 바르는 순간이다.

수학 문제처럼 명확한 답이 있다면 인생이 이렇게 고달프지 않으리라. 답을 콕 찝어 찾고 싶은 내 성향에서는 이것만큼 피로한 게 없다. 늘 문제의 연속인 느낌이다. 하지만 그 과정에서 새로운 것을 만나고 배운다. 어쩌면 그래서 인생은 다양한 색이 어우러져 아름다운 게 아닐까 싶다.

45장

마지막 수업

"카톡"

[선생님, 오늘 마지막 수업이네요. 그동안 받은 사랑과 관심 덕분에 우리 아이가 지금 이 자리에 있는 것 같아요. 조금이나마 은혜에 보답하기 위해 맘카페에 수업 후기를 쓰게 되었어요. 너무 아쉬워요. 세상에 당연한 일은 없는 것 같아요. 그동안 열정으로 아이를 품어 주셔서 감사합니다.]

장문의 카톡에 코끝이 시큰해졌다. 작년부터 시작된 졸업 제도. 오늘은 4년을 함께한 제자들과의 마지막 수업이었다. 오전부터 어머님의 카톡은 감사하면서도 아쉬웠다. 벌써 마지막이라니. 아이들 앞에서 폼생폼

사인 내가 눈물을 보일 수는 없다며 절대 진지해지지 말아야겠다고 연신 다짐하며 출근했다. 얼마 전 미리 준비해 둔 선물과 작은 쪽지를 몇 번이나 확인하고 출근했다. 어김없이 정신없는 수업들이 이어졌다. 오늘따라 시간은 왜 이리도 빨리 흐르는지. 벌써 마지막 수업 시간이 되었다. 들어오는 한 녀석이 케이크를 들고 있다. 다른 녀석은 편지를.

"쌤. 이거 엄마가 전해 드리라고 하셨어요."
"나 생일 아닌데."

웃기지도 않은 농담을 하며 케이크를 받아 옆에 두었다.

"저는 편지 썼어요."
"오, 설마 읽어야 되는 거 아니제."

파도처럼 너울대는 감정을 숨기기 위해 던진 말에 아이의 코끝이 빨개졌다.

"안 돼요. 진짜…"
"아오, 알겠다. 얼른 앉기나 해라. 책 펴고!"

큰 소리로 수업을 알리며 아이의 눈물을 쏙 넣어 주었다. 그렇게 우리의 마지막 수업은 특별할 것도 없이 큰 소리와 큰 웃음이 뒤섞여 끝났다.

“잘 지내고. 행복해라. 이제는 우리가 헤어져야 할 시간, 다음에 또 만나요.”

마지막까지 장난치며 보냈다. 그래도 악수는 꼭 하고 싶었다. 아이들 나가는 길에 한 명씩 악수하며 마지막을 고했다.

“고생했다. 충분히 잘할 수 있다. 쌤이 산 증인이니까. 하면 되는 거 느네도 이미 확인했고. 그니까 끝까지 니를 믿고 앞만 보고 가라. 파이팅.”

아이들이 가고 주섬주섬 퇴근 준비를 하는데 아이들이 준 편지가 눈에 들어왔다. 남편이 있는 집에서는 읽을 자신이 없어 하나 펼쳤다. 막 읽어 보려는 데 밖에서 인기척이 느껴졌다. 황급히 편지를 한쪽으로 치우며 나가 보니 한 어머니가 주문 제작한 케이크를 들고 도착해 있었다. 얼마 전, 두 남매의 가장 중요한 시기를 잘 키워 주셔서 감사하단 인사말을 전하였고 작년 졸업자와 올해 졸업자를 자녀로 두고 있는 어머니이다.

“선생님께 꼭 인사를 드리고 싶어서 올라왔습니다. 진심으로 너무 감사했습니다.”

허리 굽혀 인사하는 어머니의 눈과 몸 둘 바 몰라 손으로 연신 허우적거리던 내 눈에는 같은 눈물이 맺혀 있었다. 돌이켜 보면 참 감사했던 어머니. 나의 교육 방침에 나보다 더 확고한 믿음으로 지지해 주셨다.

이 녀석도 어머니도 소개 참 많이 해줬는데. 지금의 우리 학원이 좋은 이미지를 가질 수 있었던 건 이 어머니의 지분이 상당하지 않을까 싶다. 아이가 아파 어쩔 수 없이 휴원할 때 진심으로 걱정해 주시고 병원 정보까지 전해 주신 어머니. 그동안 아이도 어머니도 내게 많이 스며들어 있었나 보다. 졸업하는 아이들의 어머니들은 내게 은인이라 하셨지만, 어머니들 덕분에 내가 망설임 없이 걸어올 수 있지 않았을까. 어쩌면 아이들을 위해 어머니들과 나는 함께 어깨동무를 하고 걷고 있었을지도 모르겠다. 서로를 의지한 채. 눈물을 확인한 어머니와 나는 서로 말없이 바라보다 황급히 자리를 마무리 짓고 돌아섰다.

감정을 추스르고 침착하게 자리로 돌아와 아이들의 편지를 읽었다. 결국 펑펑 울어버렸다. 아이들의 편지에는 하나같이 이런 말이 있었다.

[제게 있어 선생님은 진정한 스승입니다. 저도 선생님에게 있어 진정한 제자가 될 수 있게 최선을 다할게요. 정말 선생님을 만날 수 있어서 행복했습니다. 진심으로 감사합니다. 꼭 대학생 되면 술 사 주세요.]

이 아이들, 내가 쓰고 있는 이 원고를 훔쳐본 건 아닐까. 내 인생 목표를 담백하게 써 놓은 아이들의 편지에 할 말을 잃었다. 감사의 인사는 내가 했어야 했는데.

너희들의 소중한 시기에, 그리고 그 찬란한 순간들을 내가 지켜볼 수 있어서 너무 행복했다. 나야말로 너희와 함께할 수 있어서 영광이었다. 나를 믿고 열심히 따라 준 너희들이 참 고맙다.

사랑한다, 제자들아.

도자기에 유약을 융합시키기 위한 과정으로 도자기의 강도가 아주 높아져 단단해진다. 완전한 도자기의 모습과 특성을 갖게 되는 단계이다.

46장

나는 수학 '선생님'입니다

내가 생각하는 교육을 펼치자. 엄청 거창하지만, 사실 아무것도 구체적으로 생각해 본 건 없었다. 그저 '저건 아닌 것 같아'라고 지적만 할 줄 알았지. 그래서 구체적으로 확인할 필요가 있었다. 내가 원하는 것에 대해 내가 생각하는 '교육'에 대해 가장 먼저 떠올린 키워드는 '선생님'이었다. 내가 하려는 것도 결국 '선생님'이다. 선생님의 본질을 고민했다. 선생님은 아이들을 지도하는 일을 한다. 그렇다면 나는 아이들에게 무엇을 가르치고 싶은 걸까. 아이들은 나에게서 무엇을 배우고 싶을까. 막연하게 아이들에게 인생을 가르칠 수 있으면 좋겠다고 생각했다. 나는 자라면서 인생을 알려 주는 누군가가 있으면 좋겠다고 생각한 적이 셀 수 없이 많았다. 문제는 인생을 논하기엔 내가 너무 모르는 것 천지라는 사실. 나도 모르는 걸 가르칠 수는 없는 노릇이다. 방법이 없을까.

인생에 대해 끊임없이 표현해 보았다. 인생은 뭘까. 시간은 오래 걸렸지만 꽤 마음에 드는 답을 찾았다. 인생은 경험의 연속이다. 내가 인생을 가르치고 싶다면 경험을 가르치면 된다. 다만, 경험을 가르친다는 건 문맥이 맞지 않은 느낌이었다. 그래, 경험은 가르치는 것이 아니라 스스로 겪는 것이다. 방향을 조금 틀어보기로 했다. 다양한 경험을 하려면 어떤 것들이 필요할까. 스스로가 움직여야 얻을 수 있는 것이 경험이다. 그렇다면 능동적인 태도가 필요한 게 아닐까. 그래서 나는 아이들이 다양한 경험을 만날 수 있도록 그 태도를 가르치기로 했다. 그렇다면 그건 결국 아이들의 삶을 대하는 자세가 될 수 있지 않을까.

나는 아이들에게 '열정'과 '도전'을 가르치기로 마음먹었다. 삶의 태도로. '열정'과 '도전'의 공통점은 결국 스스로 움직이는 일이다. 이걸 가르치는 게 과연 가능할까. 방법을 찾기 어려웠다. 그런데 우리들의 교육에서 가장 원시적으로 이루어지는 교육을 이용한다면 전염시킬 수 있을 것 같았다. 내가 가장 신뢰하는 이 교육법은 '거울 교육법'이다. 정확한 명칭은 모르겠고 내가 그렇게 부르기로 했다. 보여 주는 것. 내가 알려 주고 싶은 걸 오히려 내가 실천하면서 상대방에게 계속 비추는 것이다. 아이가 독서를 했으면 좋겠다 싶을 때 내가 독서하는 모습을 반복적으로 보여 주는 것처럼. 그렇게 나는 '열정'과 '도전'의 전도사가 되기로 했다.

정확하게는 '열정'과 '도전'을 보여 주는 선생님이랄까.

어떻게 보여 줄 것인가에 대한 물음에는 명쾌한 답이 정해져 있었다. '수학'은 '열정'과 '도전'의 연속으로 학습되니까. 너무나도 운이 좋게 나는 수학에 있어 두 가지의 경험을 다 가지고 있기에 내가 하려는 교육에 딱 맞아떨어지는 방법이었다. 수학은 다른 여러 과목에 비해 가장 피드백이 느린 과목이다. 내용 간의 연계성이 워낙 짙으므로 어떤 이에게는 가장 공평한 과목이고 어떤 이에게는 가장 냉정한 과목이다. 두 달 동안 미친 듯이 바짝 공부한 친구가 1년을 꾸준히 해온 친구를 절대로 누를 수 없다. 두 달 공부한 만큼 성적이 바로 오르지도 않는다. 수학 학습에는 기본적으로 '꾸준히'와 '인내'를 깔고 있다. 이건 '열정'과 '도전'의 기본 체력이 되는 요소이다.

나는 수학을 통해 '꾸준히'와 '인내'라는 체력을 길러 주고 나를 통해 '열정'과 '도전'을 전염시키는 선생님이 되기로 했다.

47장

본질의 방부제는 원칙이다

무슨 일이든 자기 분석이 첫 번째이다. 나는 내가 원하는 것을 잘 모르기 때문에 꽤 오랜 시간을 들여서 내가 원하는 교육에 대한 고민을 했다. 어떤 선생님이 될지에 대한 각오까지. 내 진로에 대한 방향성을 설정하는 데 시간을 아끼지 않았고 초조해하지 않았다. 사람은 누구나 변한다. 부정적으로든 긍정적으로든. 살아가는 경험치가 매번 달라지는데 변하지 않을 수 없다. 그래서 나는 장치가 필요하다고 생각했다. 나의 초심을 잃지 않을 장치 말이다. 적어도 부정적인 변화만큼은 막을 수 있는.

나는 정해진 원칙을 꽤 잘 지키는 편이기에 절대 깨면 안 되는 원칙을 정하기로 했다. 사람 일은 돌발 변수가 많아 어떤 일이 닥칠지 모르지만, 추가 원칙은 유연성 있게 만들어 가면 된다.

경험하면서 수정하는 과정이다. 하지만 절대로 변하면 안 되는 내 교육에 있어 본질적인 것은 애초에 철저하게 원칙으로 정해 놓기로 했다.

① 1인 원장 수업 체제

지금까지 학원에 있으면서 지켜본 바, 학원의 규모가 달라질 때 사람들이 가장 많이 변했다. 내가 느끼기에 가장 위험한 요소다. 나는 애초에 부자가 되고자 이 일을 시작한 건 아니다. 욕심부리지 말고 초조할 일을 만들지 말자. 규모가 커지면 욕심도 커지고 불안도 커진다.

② 수준별 반 수업

철저하게 수준에 맞춰 신규 인원을 등록한다. 최대 정원 5명을 넘기지 않는다.

1:1 코칭 수업의 학원이 많아진 요즘 나는 오히려 수준별 반 수업을 하기로 결정했다. 내 수업은 개념을 가장 중요시한다. 개념끼리의 체계가 제대로 이어지려면 수업의 흐름이 끊기는 건 적절하지 않다. 내 수업을 가장 매끄럽게 할 수 있는 방식은 수준별 반 수업이다. 수준별 반 수업에서 수준을 나눌 때 학생을 더 받겠다고 수준이 안 맞는 학생을 넣으면 안 된다. 학습 흐름과 속도에 주기적으로 문제가 발생한다. 철저하게 수준의 오차 범위를 지켜 신규생을 받아야 한다.

③ 시간표 변동 금지

시간표가 자주 변하게 되면 수업의 변동성이 커진다. 아이들에게 제대로 된 학습 습관을 만들어 주기 위해 가급적 시간표의 변동성을 줄인다.

④ 금요일은 보강 데이

시간에 쫓기면 봐줄 것도 못 봐주는 상황이 발생할 수 있다. 수준별 수업인 만큼 각자의 문제점에 집중할 수 있는 보강 데이를 만들어서 개별 코칭을 해주자. 수준별 수업의 단점을 잡는 핵심적인 보강이다.

⑤ 수강료는 선납

혼자 수업하며 운영의 잡무까지 처리하다 보니 생각보다 업무가 많다. 아이들의 수업이 늘 최우선이 될 수 있도록 다른 것에 대한 에너지 소모를 최소화해야 한다. 그중에서도 금전적인 것은 사람의 심리에 영향을 미친다. 나는 마음이 착하고 이타적인 사람이 아니다. 분명, 금전적인 문제는 나의 멘털을 뒤흔들 것이다. 선납에 대한 안내를 반드시 고지하고 요청한다. '돈'이야기는 사람을 예민하게 한다. 그러니 말없이도 서로 인지할 수 있도록 아이들의 학습 성적표를 받으면 간접적으로 수강료 납부 기한임을 알 수 있도록 처음부터 안내한다.

⑥ 수강료 할인은 금물

나는 교육을 파는 사람이다. 교육에 대한 사명감이 있지만 자선 사업가는 아니다. 수강료는 내가 계산 없이 온전히 아이들에게 다 퍼줄 수 있는 금액으로 책정한다. 교육비를 깎으면 나도 모르는 사이 내가 하는 교육도 깎을 수 있다. 애초에 방지한다.

⑦ 항상 아이들하고의 소통에 신경을 쓴다

공부라는 고난도의 행위를 하는 데 심리적으로 불안하면 당연히 제대로 이루어질 수 없다. 아이들의 마음을 다독이고 격려할 수 있는 선생님이 되려면 아이들의 마음을 들여다볼 수 있어야 한다. 우리는 마음이 움직여야 실행이 쉬운 '사람'이다.

⑧ 편법은 없다

본질적인 방법과 정직한 노력이 아이들의 학습 습관을 만든다. 이를 통해 다양한 경험이 전해질 때 아이들은 동기 부여가 가능하고 '재미'도 느끼며 성장할 수 있다.

⑨ 아이와 부모님을 항상 존중한다

내가 아이를 존중할 때 아이가 나를 존경할 수 있다. 내가 부모를 존중할 때 부모도 나를 존중하는 마음으로 대할 수 있다. 만약 나에 대한 존중과 존경이 없다면 나는 그들에게 좋은 선생님이 될 수가 없다. 나의 한마디가 아이에게 울림으로 전달될 때 비로소 그 아이에게 스승이 될 수 있다.

⑩ 아이들의 성적이 아닌 아이들의 성장을 목표로 한다

이를 위한 원칙을 세웠고 앞으로도 이를 위해 필요한 게 있다면 실천한다.

나는 열 가지의 원칙을 세우고 이를 위한 학습 시스템을 만드는 데 6개월이라는 시간이 걸렸다. 그리고 내가 생각해 둔 위치의 투룸을 계약했다. 인테리어는 크게 신경쓰지 않았다. 애초에 투자를 적게 해야 부담 없이 내 교육을 펼칠 수 있을 것 같았다. 다행히도 신랑은 내가 좋아하는 일을 하면서 아이들 과잣값이라도 벌 수 있다면 그게 행복 아니겠냐며 나를 응원해 주었다. 오히려 일에 중독되지 않길 신신당부하면서.

그렇게 중고 책상과 몇 가지의 물품만을 채워 넣은 소박한 투룸은 M&m이라는 이름으로 나의 교육을 시작하는 장소가 되었다. 애초에 나의 원칙은 많은 신규생을 받지 않는다는 것이다. 시간표도 맞아야 하고 수준도 맞아야 한다. 거리도 멀면 안 되고. 수강료도 근처 학원보다 비싼 편이었다. 테스트를 보러 오는 아이들이 10명이면 그중 한 명이나 두 명이 등록할 수 있을까 말까인, 학부모 입장에서는 의도치 않게 보내려고 해도 까다로운 학원이었다. 아는 원장님들에게서 비효율적이라며 운영 그렇게 하면 안 된다는 지적을 많이도 받았다.

하지만 나는 그해에 달성하고 싶었던 1차 목표를 3개월도 채 되지 않아 이루었다.

48장

맞춤 솔루션

내가 두 아이를 낳고 느꼈던 건 둘 다 내가 낳은 아이지만 너무도 다르다는 것.

내가 지금까지 아이들을 지도하면서 느꼈던 건 세상에 똑같은 아이는 없다는 것.

아이들은 각자 가지고 있는 역량이 다르다. 아니, 어쩌면 이 표현도 잘못된 게 아닐까. 나는 나의 역할이 아이들이 가지고 있는 역량을 끌어내 주는 것이라고 여겨 왔다. 어느 날 의문이 들었다. 내가 생각한 역량이라고 하는 게 '수학'이라는 아주 작은 영역에 불과한 것은 아닐까. 아이들의 재능은 다 다르다. 과연 내가 바라본 일부로 이 아이의 역량을 평가해도 되는 것일까. 또 다른 물음이 내게 던져졌다.

아이들의 성적에 예민한 엄마들과 상담을 하다 보면 주눅이 들 때가 있다. 분명 아이가 열심히 했다는 걸 다 알면서도. 더 할 수는 없었던 걸까. 아쉬움도 있다. 아이가 자신을 조절하지 못해 핸드폰의 늪에 빠지거나 할 때면 내가 더 아이를 잘 이끌 수 있었지 않았을까 자책을 하기도 한다. 그런 나를 보며 나를 위한 조언을 건네는 사람들이 생겼다. 너는 수학 선생님이고 네가 맡은 부분은 수학 성적이다. 다른 거 신경 쓸 시간에 수학 문제를 더 맞힐 수 있게 하는 게 맞지 않나. 이렇게 현실적이고도 정확한 이야기를 들을 때면 쉽게 흔들린다. 불분명한 길은 불안한 법이니까. 내가 겪어 본 결과 무엇보다 엄마들의 인내심은 그리 길지 않았다. 단기간에 오르는 성적이 아니면 쉽게 돌아서기도 했다. 그에 영향을 받아 나도 모르게 불안함이 스며들고 있었던 건 아닐까. 학부모의 일방적인 불만이나 학생과의 소통에 어려움이 느껴질 때면 더욱 많은 생각이 들었다. 세상에 둘도 없는 은인처럼 대하던 학부모가 하루아침에 원수처럼 대할 때는 너무나 당황스러웠으니까.

문득, 그런 생각이 들었다.

나 역시도 아이들과 같구나. 사랑하는 엄마가 갑자기 화를 낸다면 아이들은 더 당황스럽겠지. 나도 오늘은 처음 사는 거니까 불안하다. 이 길이 맞나 확신이 없어 지금도 고민 속에 살고 있으니까. 아이들은 얼마나 더 불안할까. 공부는 굉장히 어렵고도 힘든데 나보다 더 불안할 수 있지 않을까. 참 막연하겠다.

아이들의 감정이 중심이 되자 묘한 동질감이 느껴졌다. 나의 매뉴얼이랄까. 길을 잃지 않게 처음에 원칙들을 적어 놓은 노트를 꺼내 들었다. 다시 한번 내가 추구하던 교육에 대해 생각하는 시간을 가졌다. 그래, 나는 아이들에게 수학을 가르치려 한 게 아니라 수학을 통해서 삶을 살아가는 태도를 가르치고 싶었던 거지. 조금 더 단단해지는 기분이 들었다. 그때부터 나는 명확하게 이야기하기 시작했다. '말'의 두려움을 그대로 받아들이기로 했다. 책임을 져야 할까 봐 두려워하기보다 내가 필요하다고 생각하는 말은 하기로 했다. 진심으로 진심이 닿길 바라며.

단호한 부분은 학부모에게도 학생에게도 단호하게 이야기했다. 그리고 불안함에 흔들리는 그들이 있을 때는 누구보다 앞에서 이야기했다. 때로는 우리가 정답을 알면서도 옆 사람에게 기대고 싶을 때도 있는 법이다.

아이들을 위해 언제든지 돌을 맞을 준비를 하고 나니 오히려 마음이 편해졌다. 어쩌면 내게는 각오가 필요했을지도 모르겠다. 다른 사람에게 나는 욕먹고 싶지 않았던 선생님이다. 그런데 내가 추구하는 교육은 욕 없이는 못 사는 선생님이어야 가능했다.

"그냥 해봐. 책임은 선생님이 질게. 믿고 해봐."

막연하게 돌 던질 사람이 필요하면, 원망해야 할 사람이 필요하면 나를 쓰라 했다. 책임 전가할 사람이 필요해서 나서지 못하는 거라면 나를 앞세워 한 걸음 떼라고 했다.

"어차피 얄팍한 잔머리로는 아무것도 해결 못 해. 이 정도는 버텨내야지. 이 특강이 끝나면 내가 엄마 설득해 줄게. 그때 나가."

냉혹함을 알려 줄 때도 필요한 것처럼 때로는 그냥 버티는 훈련이 필요하다. 나는 꼭 약속을 지켰다. 아이는 드디어 내게서 해방되었다고 생각하겠지만 그로 인해 아이는 어느 학원을 가도 이 정도는 버틸 수 있겠다는 경험에서 우러난 성취가 묻어 있겠지.

학부모들의 호불호가 갈리기 시작했다. 사실 내가 두려워한 건 근본적으로 이런 것일지도 모른다. 교육의 다양성을 인정하지 못하고 나만 옳다고 생각하는 선생님이라 나를 판단할까 봐. 하지만 애초에 내 교육의 전제 조건은 아이와 맞는 선생님이 최고의 선생님이라는 것이다. 호불호가 갈린다는 건 나와 교육관이 일치하는 사람과 다른 사람이 구분되기 시작했다는 것이다. 나와 교육관이 다른 사람을 나는 다르다고 인정하면 그뿐이다. 그 교육이 잘 맞는 아이도 분명 있을 것이다. 그 말은 나의 교육법이 잘 맞는 아이도 분명 있다는 뜻이다. 그러니 두려워할 필요가 없다. 내가 추구하던 교육이다.

49장

코로나야, 고맙다

코로나가 온 세계를 휩쓴 지도 벌써 5년째다. 언제적 코로나 이야기인가 할 수도 있겠지만, 나의 학원 역사를 놓고 보자면 코로나의 지분은 상상 그 이상이다. 지금의 내가 있을 수 있는 건 코로나 덕분이라 해도 과언이 아닐 정도니까.

2020년 2월, 대구에서 코로나 감염이 처음으로 발생했다. 나는 직감했다. 머지않아 우리나라도 코로나 여파로 각자 집에 격리되어 있을 미래를. 아이들의 공부에는 흐름이 있다. 이 흐름이 끊기지 않는 방법을 찾아야만 했다. 목포까지 코로나가 손을 뻗기 전에.

"제인아, 그 무슨, 화상 회의? 그런 거 하려면 어떻게 해야 되노?"

서울에서 근무하는 친구에게 현재의 과학 기술에 대해 물었다. 나는 내가 집중하고 있는 분야 외에는 아무것도 모르는 똥멍청이다. 그때, 처음으로 스카이 머시기랑 Zoom이라는 단어를 접했다. 그마저도 구글 아이디며 이것저것 손이 많이 가서 번거로운 느낌에 거부감이 들었다.

며칠을 Zoom과 실랑이를 벌였지만 만족스럽지 않았다. 아쉬운 대로 나만의 대응책을 세웠다. 온 집을 뒤져서 카메라의 삼각대를 찾았다. 삼각대에 배달된 피자에 묶여 있던 리본으로 폰을 고정했다. 위에서 내가 쓰는 글씨가 보일 수 있도록. 한참 뒤에 알았지만, 이런 각도를 '항공 샷'이라고 하더라. 나는 Zoom이 아닌 카카오톡의 기능인 페이스톡을 선택했다. 조작이 편하다는 단순한 이유로. 눈앞에서 이루어지는 대면 수업이라면 내가 아이들의 모습 하나하나를 확인할 수 있지만 이렇게 어떤 매체를 통하게 되면 분명 놓치는 것이 발생할 것이라고 생각했다. 평소 수업처럼 5명을 동시에 수업하는 건 불가능하다고 판단했고 결국 내가 고생하는 걸 택했다. 비상시에 휴원을 하게 되면 휴원이 아닌 페이스톡을 이용한 1:1 수업을 진행하기로 결심한 것이다. 대응책은 마련했지만 제발 이런 순간이 오지 않길 바랐다.

얼마 되지 않아 목포에 침투한 첫 코로나는 이 지역을 온통 뒤흔들 정도로 사람들을 불안하게 했다. 1명의 코로나 확진자로 인해 목포의 학원들은 모두 휴원을 하게 되었고 나는 대응책을 과감하게 꺼내 들었다. 오전 9시부터 저녁 7시까지 물도 마시지 않고 화장실도 가지 않으면서

식탁 앞에 앉아 수업을 진행했다. 그나마 아직 아이들의 겨울 방학이라 가능했다. 한 번도 엉덩이를 떼지 못했다. 한 타임에 5명이 하는 수업이 1:1로 진행하게 되면서 수업 시간은 몇 곱절로 늘어났다. 프린트 배부가 필요하면 밤에는 아이들의 집 앞까지 프린트 배달을 다녔다. 코로나가 원망스러울 새도 없이 바빴다. 코로나도 내 수업을 방해할 수 없다는 이상한 승리감을 맛보며. 문제는 이 대응 방법은 정말 임시 방법이었다. 코로나가 그렇게 지독하게 길게 우리와 함께할 줄 미처 몰랐다. 아이들의 학습에 결손을 만들지 않겠다던 나의 각오는 내 건강을 위협하기 시작했다. 또 다른 방법을 찾아야 했다. 결국 Zoom을 다시 뒤지며 공부하기 시작했다. 역시 닥치면 다 하게 되어 있는 건가.

Zoom을 공부하면서 자연스레 전자 기계 신문물을 접했다. 태블릿이나 노트북을 사용하면 유용하다는 것을 알게 되었다. 그리고 큰 충격을 받았다. 이미 많은 학원에서는 태블릿과 텔레비전을 연동하여 수업을 하고 있었다. 혹은 노트북과 빔 프로젝트를 이용한다든가. 그때의 충격은 꽤 컸다. 전쟁이 일어난 줄도 모르고 동막골에 나 혼자 있었던 느낌이었다. 코로나와 함께한 지 1년도 채 되지 않아 태블릿과 50인치 텔레비전을 장만했다. 세련됐다고 스스로 자부하던 유리 칠판의 판서 수업은 태블릿과 텔레비전을 연결한 MZ 같은 수업으로 업그레이드되었다. 코로나에 어느 정도 익숙해졌고 크게 공포로 느껴지지 않았지만, 더욱 빈번히 발생하는 코로나에 수업의 주도권을 뺏길 수는 없었다. 무엇보다 제대로 공부하고 나니 더 많은 세상이 눈에 들어오기 시작했다.

칠판으로 수업해야 한다는 고정 관념을 버리니 책상에 앉아 태블릿으로 좀 더 자유로운 수업을 할 수 있었다. 아이들은 칠판 대신 나의 태블릿 화면을 띄우고 있는 텔레비전을 응시한다. 수업 내용을 녹화하면서 수업 진행이 가능해졌다. 난이도 높은 내용이나 문제는 녹화 내용을 공유해서 아이들에게 여러 번의 복습을 진행할 수 있었다. 앉아서 하는 수업 덕에 다리는 편해졌고 엉덩이에 살은 늘었다. 코로나로 인한 결석뿐 아니라 독감이나 다리 깁스 등 어떤 이유로 결석하는 친구는 Zoom을 통해 다른 공간이지만 수업 참여가 가능했고 상황이 여의치 않을 때는 녹화본을 공유해서 학습 결손을 막을 수 있었다. 물론, 보강도 진행하지만. 그것만으로도 내 수업은 이전보다 더 원활하게, 반복적으로 진행될 수 있었다.

이뿐만이 아니라 학부모 세미나는 늘 대면으로 이루어졌는데, 이후부터는 Zoom으로 진행하고 있다. 아주 간혹 장소를 대여해서 '오프라인'으로도 진행하지만. 그간 참석하고 싶었지만 어린 막내 때문에 참석하지 못했던 엄마들은 드디어 세미나를 들을 수 있게 되었다며 연신 감사의 마음을 전해 왔다. 근무 시간 때문에 참여하지 못했던 어머니들도 많았는데 늦은 저녁 시간에도 세미나를 진행할 수 있게 되니 참여가 가능해졌다. 선생님을 뵈려니 옷이며 화장이며 신경 쓰시던 어머니들이 좀 더 마음 편하게 참여할 수 있다며 만족스러움을 내비치셨다.

코로나가 많은 것을 앗아갔지만 내게는 많은 기회를 제공했다.

우리 학원은 코로나 이전과 코로나 이후로 학습 형태가 완전히 바뀌었다. 무엇이든 하기 나름이다. 처음에는 생소하지만 익히면 편해진다. 공부는 어떤 경우든 필요한 요소다. 역시 위기는 기회다.

50장

세상은 넓고 대단한 사람은 많다

코로나 이후 학원보다도 더 큰 변화는 내 인생 내면에 불어온 변화다. Zoom을 공부하면서 다양한 온라인 강연이나 수업에 관심을 갖게 되었고 인터넷 카페라든가 모임에도 자연스레 흡수되었다. 나의 막연했던 걸음에 방향을 알려 주는 이정표가 추가되었다. 이 실체 없는 곳에서 나의 새로운 스승들을 만나게 되었다. 스터디 모임이 이렇게나 많았다니. 홀로 고군분투하며 스터디를 해오던 내게 새로운 세상이 열렸다.

전국 곳곳에 있는 선생님들을 많이 알게 되었다. 많은 선생님이 사명감으로 스터디에 임하고 있었다. 알게 되는 선생님이 많아질수록 동경과 부끄러움이 공존했다. 나는 나에게 한껏 취해 있었는지도 모르겠다. 혹은 나 스스로 깨닫지 못하고 있었던 건 아닐까.

내가 노력해 온 시간이 자랑스러웠다. 자랑스러울 만큼 열심히 노력했으니까. 이 사실에 결코 거짓은 없다. 교재 연구도 소홀히 한 적 없고 내가 더 많이 알아야 가르칠 게 많다는 생각에 끊임없이 공부했다. 아이들이 이해하기 쉬운 방식을 다양하게 연구했다. 나 홀로 고여 있었던 건지, 눈을 떠 보니 세상은 참으로 넓었다. 대단한 사람이 너무나도 많았다. 마치 내가 알고 있던 건 아무것도 아닌 것처럼 느껴지는 순간이 점점 늘어났다. 스터디에서 대단한 선생님들을 만날 때마다 마음 한편으로는 불편했다. 나의 부족함이 드러날 때마다 초조해졌다. 나를 높이 치켜세워 주시는 어머니들이나 학생들을 떠올리면 내가 사기꾼이 된 기분을 지울 수 없었다.

나의 자부심은 거짓 없는 노력이었는데 어느새 내 노력마저 허세가 된 듯했다. 존경스러운 선생님들을 마주하면서 내면의 거울을 들여다보게 되었다.

알고 보니 내가 모르는 것이 많아 시간이 더 많이 필요했던 거였나.
내가 부족한 것이 많아 더 큰 노력이 필요했던 거였나.

처음엔 나를 들키는 이 상황이 불안했다. 하지만 생각해 보니, 분명 나는 이미 알고 있었다. 내가 최고는 아니라는 걸. 알고 있었으면서도 스스로 인정하려니 속이 배배 꼬였나 보다. 우물 안에서 대장인 척하다 우물 밖으로 나오니 겁먹은 걸지도. 나의 현주소를 인정하고 나니 배울 것이 더 많아졌다. 따지고 보면 나는 운이 좋은 사람이었다. 세상이 넓음을 깨닫고 대단한 사람이 이렇게 많다는 걸 직접 보고 겪을 수 있다니. 이 또한 과정이라 믿는다. 나는 또 성장할 수 있다.

새로 알게 된 세상에 잠시 꼬리를 말고 주춤했던 나는 다시 나아가기로 했다.

51장

자존감이 낮아서 열정을 얻었습니다

어릴 때부터 나를 괴롭힌 단어는 '사랑'이었다.

사랑에도 자격이 있다. 사랑을 받을 수 있는 자격. 사랑을 줄 수 있는 자격. 이 두 자격은 내게는 없는 자격이었다. 할머니가 첫 손주인 친오빠와 나를 대하는 행동이 극단적으로 달랐다. 할머니에게 사랑을 받아 보겠노라며 무던히도 노력을 했었지만 이룰 수 없었다. 결국 나는 사랑을 타고 나지 못한 사람이라고 생각하기에 이르렀다. 지금의 남편을 만나기까지 많은 남자들의 추파를 받은 건 아니지만 적지 않게 받았다. 그때마다 나는 그 남자들을 믿지 않았다. 나는 사랑을 가지지 못한 사람인데 좋아한다니. 뭔가가 필요한 걸까. 내게 뭘 바라는 걸까. 어떤 게 필요한지 눈에 보이고 그걸 내가 채워 줄 수 있을 때, 나 또한 바라는 게 있을 때 나는 연애를 시작했다. 그리고 그 연애에서 나는 꼭 여러 번 확인했다. 내가 그에게 필요한 존재인지.

사랑을 받아 본 사람만 사랑을 줄 수 있다는 말을 많이 들으면서 자랐다. 책에서도, 드라마에서도. 내게는 이것만큼 슬픈 말이 없었다. 사랑을 받는 게 어려운 나로서는 사랑을 줄 수 있는 자격도 없어진 셈이다. 나의 자격지심은 내 자존감을 가슴 깊숙이 끌어내리기에 충분했다. 생존 본능이었을까. 그런 내가 살아남기 위해서 찾은 건 '인정'이었다.

나는 다른 사람에게 필요한 사람이 되어야 했다. 누군가가 나를 필요로 하면 나를 찾게 되니까. 작아지는 자존감만큼 인정 욕구는 치솟을 수밖에 없었다. 그 인정 욕구는 다시 '열정'이라는 이쁜 단어로 포장되었다.

지금의 나는 자격지심 가득했던 불쌍한 10대 소녀의 생각에서 많이 벗어났다. 하지만 외상후 스트레스라고 해야 하나. 그 트라우마는 있다. 여전히 남들과 똑같이 해서는 사랑받을 수 없다는 생각이 있다. 그래서 남들보다 더 노력해야 한다는 채찍을 휘둘러댄다. 내가 쉽게 얻을 수 있는 건 그 어떤 것도 없다고 생각한다.

그 덕분에 나는 아주 잘 살아가고 있다. 완벽주의적 성향이라는 말도 안 되게 피곤한 성격은 새로운 시도를 잘 하지 않는다. 그 이유는 완벽하게 해낼 수 없을 것 같으면 시도조차 하지 않기 때문이다. 완벽주의적 성향이 있는 나지만 나는 매번 새로운 도전을 한다. 실패에 굴하지 않는다. 웬만한 실패에는 끄떡도 없다. 자존감 낮은 내게 실패는 어쩌면 당연한 것이다. 사람들은 실패를 경험할 때 막연함을 느끼며 의욕을 잃는다. 나는 실패를 크게 의식하지 않는다. 힘들었던 순간이 왔을 때 지금 온전히 최선을 다하고 있으니까 느끼는 심적 괴로움이라는 것을 세뇌하며 오늘 하루도 흔들림 없이 열정을 쏟아 본다. 이 또한 지나가리라는 걸 알고 있으니까. 무엇보다 한 걸음씩 나아왔더니 늘 이전보다는 나은 상황을 맞게 되었다. 혼자서 싸웠었고, 인정을 받는다는 건 힘들었다. 그러다 인정받는 기회가 가끔 생겼었고, 지금은 심지어 혼자가 아니다. 그래서 견딜 만한지도 모르겠다. 상황이 흐려진 것 같을 때가 있지만 결국 이전보다는 나아졌다.

나는 자존감이 낮기에 우연이나 행운에 기대지 않는다. 누군가 그랬다. 시험을 잘 치려면 운도 따라 줘야 한다고. 어린 시절 나는 운이 없는 아이라고 생각할 정도로 자격지심이 심했기에 운도 필요 없을 만큼 실력을 키우겠다고 생각했던 적이 있다. 지금도 크게 바뀌지 않았다. '운'만큼 돌발적인 변수가 어디 있나. '운'이 끼어들 자리조차 없게 노력으로 메워버리자는 각오를 한다.

나는 자존감이 낮기에 성공 시기를 빠르게 잡지 않는다. '운'을 없앨 만큼의 노력과 실력을 겸비하려면 당연히 시간은 오래 걸릴 수밖에 없다. 내공이라는 것은 묵힐수록 진가를 발휘한다. 오히려 생각보다 빠른 성공이 내게 공포심을 불러일으키는 건 이러한 이유 때문일 것이다. 아직 나는 그 정도가 아닌데 내 속의 알맹이를 들켜 버릴까 봐 겁부터 먹는다. 그래서 나의 성장에 맞춰 서서히 성공하는 게 가장 이상적이라고 생각한다.

자존감이 낮기에 나의 실패 과정은 당연하다고 생각한다. 오히려 실패를 통해서 내가 쌓을 수 있는 경험이 늘어가고 좀 더 넓은 시야를 확보하게 되지 않을까. 물건을 살 때도 직접 써 봐야 그 문제점이 와닿는다. 혜안이 없는 내게 실패의 과정은 아주 중요하고도 필요한 과정이다.

자존감이 낮기에 내가 직접 움직일 수밖에 없는 열정을 얻었다. 똑똑하지 못한 나는 할 수 있는 걸 하기로 했다. 할 수 있는 게 많이 없으니까 할 수 있는 것만이라도 제대로 하자고. 결국 그건 내가 움직이는 거였다. 빠르지 않아도 괜찮고, 실패해도 괜찮다고 생각하니 움직이는 것에 대한 두려움이 없어졌다. 나는 그렇게 뻔뻔함과 추진력을 얻었다. 거리낌 없이 목표가 생기면 사람들에게 이야기한다. 나의 실패에 사람들이 나를 가볍게 보기도 하겠지만 그건 결국 과정일 테니까. 나를 가볍게 보던 사람들이 오랜 시간이 걸리더라도 꾸준히 노력하는 나의 모습을 본다면 적어도 응원해 주지 않을까.

나는 이제 나의 낮은 자존감을 인정하고 받아들였다. 그랬더니 그것조차 이용할 수 있게 되었다. 더 이상 나의 낮은 자존감은 약점이 아니다. 나의 무기가 되었다.

52장

수학 잘하는 어른과는 다릅니다

"아니, 제수씨는 수학 선생님이면서 답지를 보고 채점해?"

신랑의 친구 중 한 명이 내가 채점하는 것을 우연히 보고 이야기했다. 수학 선생님은 수학을 잘하니까 아이들이 풀어 놓은 문제를 보며 일일이 풀어서 답을 확인하는 줄 알았나 보다. 나는 이렇게 생각하는 사람이 있다는 것에 놀랐다. 얼마나 비효율적일까.

"지하야, 내가 지금 문제 하나 보냈어. 얼른 풀어 봐 줄 수 있어?"

어느 날, 친구 한 명이 다급하게 전화를 했다. 문제를 보아하니 고등부 문제였는데 그리 어렵지 않은 문제였다. 그런데 수학적 기호를 일부러

더 남발한 느낌이랄까. 친구에게 물어보니 이는 퀴즈를 맞히는 행사에서 나온 문제라고 했다. 수학 선생님인 내게 답장을 기다리는 동안 먼저 답을 말한 고등학생이 있다면서 나에게 핀잔을 줬다.

수학 선생님이면 기본적으로 수학적 지식이 갖춰져 있어야 한다. 하지만 그게 전부는 아니라는 걸 그들에게 이야기하고 싶었다. 물론, 그들은 그 정도의 관심도 없겠지만. 하지만 그들도 아이의 엄마나 아빠이기도 하지 않을까.

나는 수학을 교육하는 어른이다. 수학을 교육한다는 것은 '수학적 지식'의 우위를 뜻하는 것과는 다르다. 수학적 지식이 중요한 것도 사실이지만 그게 전부가 될 수는 없다. 많이 알아야 가르칠 게 많다. 하지만 많이 안다고 '잘' 가르치는 것은 아니다. 이건 너무 중요한 사실이다. 비전공자였던 내가 굳건히 서 있을 수 있었던 이유이기도 하다. 특히 입시나 교육 과정은 자꾸 변화한다. 수학을 잘하는 어른은 그저 문제를 해결하면 그뿐이다. 하지만 수학을 교육하는 어른은 그 문제를 해결하는 방향성과 평가 기준까지 고려해야 한다.

교육자에게 공부는 숙명과도 같다. 지속해서 지식을 채워 넣어야 한다. 우리가 살아가는 세상이 하루하루 발전하고 성장하고 있으니 우리가 새로이 가르쳐야 할 것도 늘어나는 셈이다. 변화하는 교과 과정과 입시 과정도 공부해야 한다. 평가 기준을 명확하게 인지하고 그에 대비하여 아이들을 지도해야 하니까. 무엇보다 '교육자'가 가지고 있는 교육 소신을 지키기 위한 심리적 갈등은 그림자처럼 따라다닌다.

나는 참된 수학 교육자가 되기 위해서 입시 제도, 수학, 아이들의 심리를 끊임없이 공부하고 있다. 내가 가진 교육 소신을 지키기 위해서 도전하고 노력한다. 아이들은 나조차도 처음 살아보는, 급격히 변화하는 세상을 살아가고 있다. 어쩌면 내가 알려 주는 답이 그들이 사는 세상에서는 정답이 될 수 없을지 모른다. 그러니 그들 스스로 정답을 찾을 수 있게 도와주는 것이 내 역할이다. 학원과 일상에서 겪어온 경험이 늘어나면서 내 교육관이 성장하고 있다. 그 정체성은 더욱 명확하고 단단해졌다.

내가 추구하는 교육은 그들이 스스로 정답을 찾는 힘을 길러 주는 것이다.

53장

청출어람(靑出於藍)

"선생님, 근데 저거 계산이 틀렸어요."

아이들을 지도하다 보면 나도 틀릴 때가 있다. 많다. 처음에는 부끄러웠다. 물론, 아이들은 대수롭지 않다. 이후에는 틀리는 경력이 쌓이다 보니 요령이 생겼다.

"이렇게 하면 안 된다는 것을 보여 준 거지."
"니들이 현역이잖아. 계산은 니들이 하세요."

그러다가 언젠가 있었던 일은 꽤 충격이었다.

"선생님, 그런데 이거 이렇게 하면 안 되나요?"

단순한 연산이 아니었다. 복잡했던 나의 풀이보다 훨씬 깔끔한 풀이를 내미는 아이. 수치스러웠다. 아니, 자존심이 상했다는 표현이 더 정확하다. 잘했다며 칭찬했지만 내 목소리의 미세한 떨림을 그 아이가 알아차리지 못하길 바랐다. 정신적 타격이 회복되기까지는 시간이 꽤 걸렸다. 많은 생각을 했고 자책도 했다. 정신적 승리일지 모르겠지만 나는 그 원인과 답을 찾았다.

우리는 과거로부터 왔다. 아이들은 미래를 향해 나아가고 있다. 내가 받아온 교육과 지금 아이들이 받는 교육은 그 질에서 상당히 차이가 난다. 지금도 교육에 대해 이렇다 저렇다 말은 많지만, 그 또한 발전하기 위한 과정 중 하나다. 내가 교육을 받던 시절로부터 교육은 꾸준히 발전되어 왔다. 그러니 나보다 아이들이 뛰어난 건 어찌 보면 지극히 당연하다. 나는 아이들이 앞으로 나아가며 성장하길 바라면서 나를 뛰어넘지 않길 바랐던가. 가만히 보니 아이들이 나를 뛰어넘는 건 그야말로 내가 바라왔던 바였다. 내가 똥멍청이였음을 다시 한번 깨달았다.

나는 상위권 아이들의 교육 방식에 이런 방법을 도입했다. 단순히 많고 어려운 문제를 푸는 것이 아니라 문제를 풀 때 조건을 파악하는 과정에서 그 조건의 변형을 보여 주고 다양하게 난이도 조절이 가능함을 알려 주는 것이다. 또한, 하나의 문제를 다양한 접근법으로 고정 관념 없이 풀 수 있도록 유도하는 것이다. 그런 교육 방식 도입 이후 상위권 아이들과의 수업은 대화 방식도 바뀌었다.

"다른 방법으로 풀어 본 사람?"

나의 구시대적이고 틀에 박힌 풀이가 아닌, 창의적으로 창조해 낼 수 있는 아이들의 새로운 풀이를 기다렸다. 좋은 풀이가 나오면 아낌없는 칭찬을 해줬다. 오늘은 네가 선생님이라며. 다른 친구들에게도 아이가 알려 주며 경험의 질을 높였다. 좋지 않은 풀이가 나오면 그 오류를 잡아 주며 아이들에게 증명의 기회를 주었다. 상위권 아이들은 언제부터인지 증명이 자연스러워지기 시작했다.

부족한 선생님인 나는 여전히 아이들을 통해 배우고 있다.
오늘도 나는 나를 뛰어넘을 제자를 기다린다.

epilogue

나만 아는 날갯짓

상담 전화가 왔다. 해남에서 온 전화였다.

"선생님, 과외하러 와 주시면 매월 과외비로 100만 원 드릴게요."

중학생 아이인데 근처에 다닐 학원이 없다고 한다. 수업을 듣고 싶다고 주말에 수업이 가능한지 물었다. 남편의 반대로 주말에는 수업을 하지 않는다고 답했다. 그러자 어머니는 고액 과외를 제안한 것이다. 얼마가 됐건 나는 지금 과외를 하지 않기에 거절함에 어려움은 없었지만 마음이 아팠다. 아이가 수업을 너무 원하고 있었으니까. 환경으로 인해 받고 싶은 교육을 받지 못한다는 아이의 이야기는 내 마음에 무거운 짐으로 남았다.

어느 날은 영암에서 전화가 왔다. 또 어떤 날은 진도에서. 걸려 오는 전화만큼 거절이 쌓였다. 내 마음의 짐도 덩달아 늘어났다. 나의 어린 시절과 조금은 다른 이야기지만 내게는 같은 이야기처럼 보였다. 엄마 아빠의 무지로 적절한 교육 시기를 놓치는 것도. 환경적 요소 때문에 받고 싶은 교육을 받지 못하는 것도. 그저 내게는 교육 불균등으로밖에 보이지 않았다.

남편이 말했다. 친구 중에 목포 토박이는 거의 없다고. 신랑도 목포 옆 무안 사람이니까.

증도에서 중학교까지 나오고 고등학교가 없으니 목포로 나온 친구.
보길도에서 중학교까지 나오고 고등학교가 없으니 목포로 나온 친구.

목포 주변의 작은 시골 마을에서 뛰놀던 순수한 아이들은 중학생이나 고등학생이 되어 목포로 나오거나 광주로 간다. 그리고 애초에 공부는 그들의 선택권에 있지 않았다. 내가 할 수 있는 것은 없을까. 적어도 그들이 조금 더 준비된 상태로 도시에 나올 수 있다면.

나는 원대한 꿈을 꾸게 되었다. 기회 불균등은 내가 바꾸기 어려운 삶의 환경이다. 하지만 그들이 노력한다면 조금은 더 준비된 상태로 도시에 나올 수 있도록 그들의 준비를 도와주면 어떨까. 아이들이 적어도 겪어 보고 선택할 수 있으면 좋겠다. 교육의 기회가 많지 않은 주변의 작은 시골의 엄마들을 위한 인스타 라이브를 준비했다. 처음 시도하는 거라 많이도 떨렸다. 안타까웠던 건 나의 라이브에는 시골의 엄마들보다 전국의 선생님들이 더 많이 시청했다. 더 많은 준비가 필요하다는 것을 깨닫고 나는 라이브를 종료했다. 이 또한 언젠가 내가 나아가는 밑거름이 되겠지.

나의 원대한 바람은 아이들의 교육 불균등이 해소되는 것이다.

어떤 아이들은 부모님의 등쌀에 공부가 '해내야만 하는 것'으로 압박을 받는다. 좋은 대학교와 좋은 과를 나오지 않으면 마치 무슨 일이 생길 것처럼 불안해하고 그 초조함을 아이에게 전이시킨다. 아이의 의사와는 상관없이 끊임없이 옆에서 달리라고 소리를 지른다.

어떤 아이들은 공부를 모르며 살아 '다른 세상 이야기'로만 치부한다. 이미 경쟁할 수 없는 수준 차이로 공부에 대한 의식이나 의지조차 없는 경우가 있다.

언젠가는 오지 않을까. 모든 아이들이 교육의 기회를 충분히 부여받아 어떠한 편견 없이 공부가 있는 그대로 장래를 위한 '선택 사항' 중 하나가 되는 그날이. 아무도 모르는 하찮은 날갯짓일지라도 나는 펼쳐대기로 했다. 또다시 나는 도전하고 나아가야 할 이유가 생겼다.

오늘도 나는 나만의 방식으로 걸어간다.